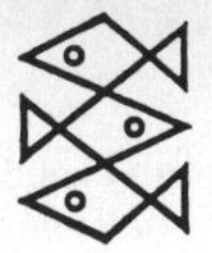

W0005823

ÜBER DIESES BUCH Die ersten im Heidedorf Bargfeld entstandenen Erzählungen Arno Schmidts zeigen einen Erzähler mit völlig verändertem Lebensgefühl.
Kein Zugvogel mehr, unruhe- und liebegetrieben, Wunschzielen nachschweifend. An die Stelle von Flüchtlings-Unterschlupf, Refugium im Moorversteck, Verwandtenquartier oder wohlberechnetem Einnisten bei Zufallsbekannten tritt das kleine Eigenhaus auf dem Lande, gegen Eindringlinge abwehrend umzäunt, Seßhaftigkeit sichernd.
Statt des freien Sturms der Liebe die Anmutungen nüchternen Ehestands, mit dem ausgleichenden Korrelat männlicher Kumpanei. Die volle Hingabe der Person heruntergestuft zur Teilnahme am ironisch-distanzierten Rollenspiel sich wiederholender Alltage.
Nicht zufällig daher nach KAFF eine sprachliche Umkehr. Kein gewalttätig gesprengter Steinbruch für Wortmetze : unter geglätteter Oberfläche eine hochgradig elaborierte Prosa der Spiegelreflexe aus verschiedenen Schichten.
Verhaltensvorfälle in Haus, Garten, Studio unmerklich stilisiert zu einem psychoanalytischen Park ›dahinter‹ – vom doppeldeutigen ›Grasmähen‹ der maskulinen ›Sense‹ bis zum ehelichen Beschlafen des Blechkarawan mit hinterem Zugang. Ein zweiter Park unterschwelliger Determinationen, in den der erste wie in einen Überzug eingearbeitet ist. Dessen Bedeutung bleibt funktionell, Ziel der Erzählung ist immer die ›manifeste Oberflächenhandlung‹, die ihre markante psychologische Grundierung erhält. Mit der Absicht nicht zuletzt, der Sprachform die Doppelqualität als Instanzenmodell zu vermitteln, eine Vorstufe zum Instanzenspiel der Typoskriptbücher.
Die Oberflächenhandlung selbst führt indes unbelastet eine Bargfelder Komödie wechselnder Auftritte vor :
Das Holzsägen mit der geliehenen Kreissäge (*Kühe in Halbtrauer*); der Freibadbesuch mit der Story vom abseitigen Waldbad (*Windmühlen*); die Familientour zum vieldeutigen roten Mast (*Großer Kain*); Bildhauerei für Denkmalsschweife in der Dreikünstler-Werkstatt (*Schwänze*); das hirnreißende Selbstinterview des Einsiedlers Schmidt (*Piporakemes*).

ARNO SCHMIDT wurde am 18. Januar 1914 in Hamburg-Hamm als Sohn eines Polizisten geboren. Volks- und Realschulbesuch dortselbst. Nach dem Tode des Vaters im Spätherbst 1928 Umsiedlung nach Lauban/Schles. in die Heimat der Mutter. Fahrschüler zur Oberrealschule in Görlitz, mit Abitur 1933. Kaufm. Angestellter in Textilkonzern in Greiffenberg/Schles. Astronomie- und Mathematikstudien zufolge Breslauer Anregungen. Ab April 1940 Soldat (Art.-Unteroffiz. in Norwegen). 1945 britische Kriegsgefangenschaft bei Brüssel. Anschließend Dolmetscher in brit. Hilfspolizeischule in Benefeld. Seit 1947 freier Schriftsteller in Cordingen, ab Ende 1950 in Gau-Bickelheim, Kastel-Saar, Darmstadt. Im November 1958 Einzug ins eigne kleine Holzhaus in Bargfeld, Krs. Celle. Verstorben am 3. Juni 1979 im Krankenhaus in Celle.

ARNO SCHMIDT

SCHWÄNZE

Fünf Erzählungen

FISCHER TASCHENBUCH VERLAG

1.–17. Tausend: August 1976
18.–22. Tausend: Mai 1982
23.–34. Tausend: März 1988

Ungekürzte Ausgabe
Veröffentlicht im Fischer Taschenbuch Verlag GmbH,
Frankfurt am Main, August 1976

Die Texte wurden entnommen aus:
Kühe in Halbtrauer, © Stahlberg Verlag GmbH Karlsruhe 1964
Lizenzausgabe mit freundlicher Genehmigung der
S. Fischer Verlag GmbH, Frankfurt am Main

Umschlagentwurf: Jan Buchholz / Reni Hinsch, Hamburg
Gesamtherstellung: Clausen & Bosse, Leck
Printed in Germany
ISBN 3-596-29115-1

INHALT

Kühe in Halbtrauer
7

Windmühlen
27

Großer Kain
45

Schwänze
67

‹ Piporakemes ! ›
93

KÜHE IN HALBTRAUER

1

Früher, als junger Mensch, hab'ich mir wohl auch eingebildet, die Mienen- und Gebärden-Sprache sei von Liebenden erfunden worden – so ‹Nachbarskinder›, von ‹harten Eltern› vorsichtshalber auf Armlänge auseinander gehalten; (obschon mir dunkel schwante, daß die sich nach & nach nachdenkliche Sachen telegrafiert, gewinkt, hinundhergezeigt haben würden; a-part a-part.) Später dacht'ich, es könnten kluge Diebe gewesen sein, nachts, in behelfsmäßig erleuchteten Juwelierläden; oder auch abhörgerätumstellte Politiker, in den Sieben Bergen, ruhend auf Rasengrund, zur Koalition bereit. Heute weiß ich, daß es zwei ältere Männer an der Kreissäge gewesen sein müssen; nach ungefähr 40 Minuten.

2

: » Komm; unser Morgen sei weiß ! « . Otje lud mit erkünstelter Rüstigkeit zum Milchfrühstück; und wir, obwohl es erst das zweite seiner Art war, betrachteten die Gläser mit der perlmutternen Flüssigkeit so zögernd..... (‹ Im Freien › noch zusätzlich : hinten ein schütterer Wald, (in dem es aber tapfer zwizerte); vorn kurios dürre Büsche; dann Graben-Geradheit in Grüne.) / Fern u-bootete eine lange Limousine durch Getreidemeere. – » So früh ? « : »'n Jäger vielleicht,« proponierte Otje lustlos. Ich griff gleich zum Fernrohr, das, armlang, immer neben uns zu liegen hatte, (Städtebewohner

eben; die jede Krähe für 1 Naturschauspiel ästimieren); und spähte streng hindurch : – – Wolkeniglus überall, (vermutlich standen uns weitere ‹gewittrige Schauer› bevor). Am Hintern schmerzte das feinsinnige ‹Birkenbänkchen› . . . . : » Ah-Ha ! « . Denn eben spaltete sich drüben lautlos die glatt-bunte Blechwand, und gebar einen ganzen Wurf farbiger Schnitterinnen. » Was ? : Schnitterinnen ? ! « ; jetzt heischte er sein Teleskop. – » Die Gelbe – « hörte ich ihn nach einiger Zeit murmeln; (auch mir war die Dicke gleich aufgefallen; ‹Nachbarskinder› ; auf 300 Meter Entfernung.)
Denn wer sich kein Haus kaufen kann – und Wer vermag das schon; es sei denn, er wäre kühn wie Cäsar im Schuldenmachen; überdem wird man, nach begangener Tat, ja sofort steuerlich bestraft, wegen ‹Vermögensbildung› : neenee; fleißig & sparsam sein ist Bei-Uns völlig fehl am Platz ! – der mietet sich 1 Baräckchen in der Heide. »Auf 99 Jahre; wie weiland Kiau-Tschou.« Schon winkte Otje ab; er wußte zur Genüge, wo ich das Licht der Welt undsoweiter; (je nun, mein Vater war zufällig Sergeant dort gewesen; und ich, mit 2 Jahren, ganz gutbürgerlich, wieder brav nach Germanien übergesiedelt. Beziehungsweise worden. Trotzdem hatte ich doch wohl ein organisches Verhältnis zum Reich der Mitte; und ein Recht – oder war es eine Pflicht ? – im Du Halde zu blättern. Auch schöne Erfolge bei Damen, früher; wenn ich im Gespräch einflechten konnte, daß ich eigentlich Chinese sei.)
Folglich hatten wir gemeinsam, für Uns & unsre Frauen, (erfreulich-kinderlos verheiratet; aber das bedeutete wiederum mehr Steuern : ich sag'ja, wer sich Bei-Uns, verantwortungsbewußt, aufpaßt, ist immer der Dumme !), 2 hannoversche Morgen in diesem Sinne dauergepachtet. Für einen Spottpreis übrigens, da es sich um ‹Ödland› handelte –

Bauern verstehen ja nichts von Natur & deren Schönheit. Ich hatte noch zusätzlich 50 Mark pro Jahr dazugelegt, unter der Bedingung, daß ‹die Kulisse› nicht verändert werden dürfte; (die würden sich noch mal wundern, die Herren Landwirte, was sie, die ganze ‹Realgemeinde›, damit so unterschrieben hatten ! Der Advokat hatte, bei der Verlesung des betreffenden Paragrafen, auch verkniffen gelächelt, und sich langsam die Spinnenfinger gerieben.) / Dann also das Hüttlein drauf, 4 mal 6; (‹second-hand›; auch hatte es zuvor entwanzt werden müssen; man merkte aber nichts mehr). / Und nun hieß es eben ‹wohnlich machen›; eine Aufgabe, die hauptsächlich uns Männern obzuliegen schien; die Damen hatten lediglich auf einem Birkenbänkchen ‹bestanden›, und ein paar Tannenzapfen gesammelt – wir hatten nämlich, unter anderem, auch vor, ein paar Winterwochen bei lodernden knispernden knackend-knallenden Feuern zu verbringen : allein der Einbau des erforderlichen ‹Kamins› hatte, (obwohl vom Dorfmaurer ‹schwarz› durchgeführt : die 40-Stundenwoche ist ja nichts für einen denkenden Menschen; und für einen Nicht-Denkenden muß sie platterdings unerträglich sein !) ein kleines Vermögen gekostet. / Ob aber der Hag seines Lohnes wert war ? – Otje hatte billig 200 alte Militär-Bettstellen gekauft; und wir daraus die benötigte Anzahl eiserner Zaunpfähle ‹gewonnen›, einfach aber geschmacklos. (Und die Erinnerungen ‹Militär› und ‹Bettstellen› hatten wir noch gratis : jede einzelne davon hätte genügt, uns Halb-Greise bis an unser Lebensende zu beschäftigen !) .
Und wir ergo, ganz ‹im Zuge der Aktion›, jetzt hier, um das erforderliche Holz zu ‹machen›. (Die Damen noch in Hannover; die kamen, mit einer Taxe voller Kissen & Decken, vorsichtshalber erst nach 3 Tagen : » Die ‹opfern› ja mit

nichten ihre Mädchennamen; nee : nehm'm uns-unsre weg ! «. Otje, wütend; aber Recht hatte er.) / Mittagessen diese 3 Tage beim Gastwirt; meist ‹ Zarte Leber ›, auf Reis mit Tomatenfarbenem. Pro Tag 9–50 für uns Zwei; (einerseits teuer bei der sehenswürdigkeitslosen Gegend. Aber wenn sie reizvoller wäre, wär'sie wiederum längst überlaufen, und gar keine ‹ Oase › mehr; was ja aasig gesund sein soll. Also eher merkwürdig klug von dem Wirt-hier, diese 9–50.) / Nach dem Essen das wanken wollende Gleichgewicht etwas aufs Feldbett legen – 4 der oben erwähnten, je 2 übereinander, hatten wir aufgestellt. Erstaunlich wie Jeder von uns, schier synchron, unmittelbar nach 14 Uhr, auf einmal dem Anderen mitteilte : der Arzt habe ihm täglich mindestens 1 Stunde Dösen verschrieben. (Ab & zu zum Andern hinüber blinzen; kontrollieren, ob dessen Augen auch derb geschlossen sind, und männiglich sich im erquickenden Heilschlaf befindet : ? Nuschön; befinden wir uns. Soweit ist die Fantasie, unberufen, noch intakt, daß man 60 Minuten hinter'nander die Augen zulassen und 1 Gedankenspiel anstellen kann. Manche schreien immer gleich auf : » Eingesperrt ? ! Oh das muß furchtbar sein; das ertrüg ich keine 3 Tage ! « : können demnach keine großen Geister sein, (vorausgesetzt, daß sie wirklich so denken; was man nie weiß); da wäre man in der Kriegsgefangenschaft weit gekommen, mit solchen läppischen Maximen !) . / Und dann eben, kurz nach 15 Uhr, ‹ erwachen ›. Und, leuchtend-erholten Blicks, die Schultern bewegen.

Rasch 'n paar Postkarten versenden; auch Kurzbriefe (selbst der Dorfkrämer hier hatte bereits ‹ Stücklens Verdruß › feil : dies neue, ganz dünne-zähe Briefpapier, von dem 14 Seiten DIN A 4 auf den 20-Gramm-Brief gehen : wie soll man sonst wohl mit den periodischen Portoerhöhungen Schritt halten ? Neenee; 's ganz richtig so. Obwohl die Ansichtspostkarten anscheinend noch aus den zwanziger Jahren stammten – so sah's im ganzen Ort doch nirgendwo mehr aus !) . Und an die neidischen Kollegen im Werk adressieren : ‹ Gruß . › ; und ‹ Gruß ! › . Hier, dem Bachmeyer zusätzlich noch 'ne Spritze verpassen ..... mmm-ä : ‹ Es gibt ja *zu schöne* Fleckchen Erde ! › : » Unterschreib ma mit, Otje . «

3

Die Stämme ließen wir natürlich anfahren. Ebenso die Eisenbahnschwellen, (irgend ein ‹ Bahnkörper › in der Nähe wurde gerade erneuert; und wir, allzeit attent, wie es guten Kaufleuten wohl ansteht, hatten uns flugs eingeschaltet : *massiv Eiche !*) . Die Damen freilich hatten sich eingebildet, wir würden die nötigen Hügelketten von Scheitern irgendwie ‹ sammeln ›, fällen herbeiwälzen mit der Hand sägen; dann, siegfriedig am ganzen Leibe, am Hackklotz stehen, breitbeinig, den Bihänder weit rückwärts über die Schulter gezogen, ‹ Notungs Trümmer zertrotzt er mir nicht ! › . (Und die zahllosen Ergebnisse anschließend noch ‹ schlichten ›, und in entzückend ländliche ‹ Feimen › aufbauen, daß Einem gleich ganz eichhörnchen- und holzwurmmäßig im Gemüt würde. Auch sollten wir, ‹ nebenbei-mit ›, einige Hüte voller Kastanien & Eicheln zusammentragen – SIE gedachten ‹ Futterstellen › anzulegen, ‹ HELFT DEN ARMEN VÖGELN IM WINTER › .)
Die Verhandlungen mit den Bauern bezüglich des Transportes waren gar nicht so einfach gewesen – sie Alle hatten auf einmal angeblich ‹ mit der Ernte › zu tun gehabt; (obwohl wir uns vorher genau erkundigt hatten, wann & wo man

was fächset : alles lediglich Schwindel, preisdrückerischer !) . Als sie erkennen mußten, daß das gute Baare nun gleich ins Nachbardorf abfließen würde, nahmen sie auch relativ rasch Vernunftähnliches an. / Also die Stämme stapelten hoch und schwarz, die Schwellen höher & noch-schwärzer. Auch ‹ Wurzelholz › lagerte im Geländ', tatzig, von Menschen nimmermehr zu zerkleinernd – da selbst Otje, total frappiert ob der bestialischen Formen, vom ‹ grafischen Element im Winter › gefaselt hatte, enthielt ich mich, jeglicher Überstimmung gewiß, des hier zuständigen Ausdrucks : mit *der* Nervenkraft kann man Besseres anfangen. Noch bedeckte ein ‹ abgebrochener › Feldschuppen den Boden; Bretter, Latten, Ständer; alles, (wie hätte HOMER sich sehr richtig ausgedrückt ?) ‹ reichgenagelt › : » Sag bloß davon nichts dem Sägenbesitzer ! «
Denn die Beschaffung der Kreissäge hatte erneut die ländliche Menschheit at its worst gezeigt ! / Erst, leeren Blicks, endlose Rübenfelder durchschreiten; Kartoffeln (Marke ‹ SASKIA › : sic !) Lupinen Graminosen; alles Dinge, wovon man den Teufel etwas verstand, (eigentlich abscheulich. Die Unwissenheit, mein'ich.) Mit wütend-flachen Händen die Bremsen an sich breitklatschen : Arme, Bauch, Brust, » Ach-Scheiß ‹ frisches Oberhemd › ! «, (die Hoden kloppt man sich noch platt wegen den Mistviechern ! Na egal; taugten ohnehin nich mehr viel.) / Einziger Trost : dann & wann hinter die Weg-begleitende Hecke treten. Dort jedoch, statt seiner, das Fläschchen mit KIRSCH ziehen : ~ . ~ . . . . : ! : sofort wurde's heller; sofort lagen die trefflichst gesprenkelten Steine in ganzen Wällen da, alle Farben tolle Muster; diese Bauern wußten wahrlich nicht, was sie besaßen. (Thema für Farbfilm-Amateure : ‹ FEUERSTEINE 61 UND EINIGE IHRER ZEITGENOSSEN ›. So'ne Liebhaberei sollte man sich tatsächlich zu-

legen : 'ne gute Spiegelreflex-Kamera; mit Vorsatzlinse. 'n Projektor hinge freilich auch noch dran; also rund Tausend, hm hm. Allerdings setzte das eine Gegend voraus, wo's von Feuersteinen wimmelt. : Aber da waren wir ja; oder ?) .
Und bloß nicht den Namen dieses Nachbardorfes einprägen; jetzt noch nicht; mit 55 muß man das Gedächtnis für's Notwendigste reservieren. / Farbelos & grau der Mechanikus. Unangenehm langes Gesicht, (ein sogenanntes ‹ sachliches ›; das ist : wie Gay-Lussac & Fischer-Tropsch zusammen – das lernen die ja schon in der Aufbauschule. Wir aber auch jeder Zoll 1 inch.) Und als in Otjes Brieftasche, auf schwarzsamtigem Wildleder, der Fächer von 6 Hundertmarkscheinen sichtbar wurde, widerstand Tropsch nicht länger : er versprach, mit unnötigem Handschlag, Säge und 300 Meter Starkstromkabel für übermorgen-Freitag. / Und wieder zurück über sehr sandige Wege. Die dicke-fette Landluft inhalieren. Kühe in Halbtrauer; zwischen ‹ Porst › und verdorrten Sumpf-Birken. (Gegen Abend gab es an 1 gewissen Stelle, gar nicht so weit von uns, wieder jene Nebeldecke, aus der eine kohlschwarze Stier-Stirn lautlos auf Einen losfuhr : ! . (Und nachher doch auch ‹ sounds › wie bei THOREAU's; brrr !) .) .
: » Wollen wir noch mal kurz in's Gasthaus ? « .

4

: Das Leben des Menschen ist kurz; wer sich betrinken will, hat keine Zeit zu verlieren ! / Und die Abende in ‹ ZIEBIG's Gasthof › waren ja gar nicht unlebhaft. (Wir am Ecktisch für die vornehmen Personen; dem einzigen, der etwas wie 'ne Decke drauf hatte. Und Bier & seriöse Stumpen.)
Holen Knechtlein sich ‹ Zie-eretten ›. Pralle Dorfmädchen

stapfen keck nach Flaschenbier herein. (Desgleichen geplagte Eheweiber; schlampig-schürzig, mit tiefliegendem Metazentrum, wüste Zitzen mit buntem Zitz überspannt.) / Im Fernseher das Bild irgendeines ‹hamburger Hafens›; endlos lange; (mal seh'n, wer's länger aushält : alle Minuten 1 Mal bösartig hinüber lächeln . . . . .). Dann beginnt's aber schon gefällig, das graublaue Geflimmere; regt tausend Gelenke zugleich; und die Maschine gibt die bekannten ‹halben Wahrheiten› von sich. : Wer ein schwarz eingebundenes Buch ‹schwarz› nennt, ist im FREIEN WESTEN ein ausgesprochen ehrlicher Kerl. (Wer ‹rot› behauptete, wäre 1 Lügner, klar.) Was aber ist Derjenige, der uns ständig einzureden versucht : es sei ‹nicht-grün› ? ! / Lächelte & florierte also Bonn. Bei ‹Burr-Gieba & Bie-serrta› war anscheinend noch keine Sprachregelung erfolgt. (Ist ja auch nicht ganz einfach : Wer in diesem speziellen Fall für ‹die Freiheit› ist, verdirbt's mit ‹de Gohl›; und umgekehrt.) ‹Gagga-rien› kurz & leichtverächtlich behandelt; (dafür desto ausgiebiger der neueste, prompt wieder zu 50 % verunglückte, amerikanische ‹Ecks-Plohrer›.) Hie evangelisch-halkyonische Laien-Kirchentage; wenn man auf die unerwünschte Taste drückt, blüht sofort die Kolchose und duftet der Komsomolz : ‹Em Barras de rieche Se›.

Und immerfort das Gemurmle der Herren Landwirte. / Manches vielleicht gar nicht dumm; (obwohl sie natürlich andauernd her guckten, wie wir unser Bier verzehrten : vom ‹Grünen Plan› verstanden sie ungefähr so viel, wie EINSTEIN von der Atombombe; nämlich einerseits sehr viel, andererseits überhaupt nichts !) . / Zufällig sich ergebende Lokalinformationen zum Teil recht interessant : daß die auffällige, klein-runde Schanze hinten im Sumpf, ihre Entstehung dem einzigen (wohl versehentlichen) Luftminen-Abwurf des Krieges verdankte. Plus Details : wie damals Gras & Buschwerk ‹ im Umkreis wie rasiert › gewesen war. Rehe mit ‹ rausgerissenen Lungen › sollten dekorativ dagelegen haben; (und die entsprechenden, kannibalisch-breitziehenden Handbewegungen dazu : das hab'ich im Kriege bei *Menschen* mehrfach gesehen, amigo ! Du kannst noch nicht weit gereist sein !) . Der Eine beteuerte sogar, er habe das Dings, nachts gegen 1 Uhr, an seinem Dachkammerfenster vorbeirauschen sehenhören – da der, gleichfalls anwesende, Ortsbulle uns an dieser Stelle überdeutlich (und unnötig vertraulich) zublinzelte, ja, -zwinkerte, wußten wir, daß die Mitteilungen des Betreffenden jetzt & künftig mit Vorsicht aufzunehmen seien. (So war es auch : 2 Gläser weiter behauptete er schon, mit ‹ dem Bruder Karl MAY's zur See gefahren › zu sein. – » Hat der überhaupt Geschwister gehabt ? « ; Otje wußte es nicht .) / » Diese Hula-Reifen – « dozierte ein hochgradig Untersetzter seinem Nebenmännlein hin (dessen Gesicht sich einer, für seinen Stand ganz ungehörigen, kritischen Unterlippe erfreute) : » – die verführen zu Bewegungen des Beckens . . . ! : Die Kleine von Thieß'ens-nebenan . . . . . : ? – : Zum Wohl ! « . » Zum Wohl – « erwiderte das Nebenmännlein buchstabengetreu (und ihre Augen glinzten wie die Scheiben von Puffs in der Dämm'rung).

Einiges zum bevorstehenden ‹ 20. Juli › : da hatte *der* ‹ Staatsmann › einen unverbindlichen Vortrag gehalten; (à la ‹ nichtgrün ›, siehe oben). Und *Jener*, der Klügere, schweigend ‹ 1 Kranz niedergelegt ›. *Der* das ‹ Nachdenken des Soldaten › gepriesen; (der nächste Redner dieses freilich sogleich präzisiert : für den Fall einer ‹ unsittlichen Obrigkeit › ! Sogar 1 General sollte, mit gewissen Einschränkungen, für's Nachdenken gewesen sein – da hätte BEN AKIBA doch wohl mal Augen gemacht .) / Und gesegnet sei der Musikautomat, dem man bloß 10 Pfennig in die Seite preßt, und schon kommt aus dem Schlitz ‹ HOCH-HEIDECKSBURG › raus; (oder auch, man hat da angeblich die Wahl, ‹ ONWARD, CHRISTIAN SOLDIERS ! › – der Unterschied ist zur Zeit ja auch nur mit bewaffnetem Ohre hörbar.) / Bei einem anderen, noch bunteren Gerät drehte dann & wann 1 Kühner roulettierend an 3 Knöpfen : auch hier sollte man, theoretisch, falls man ‹ Glück › hatte, oh Glück oh Glück, etwas gewinnen können. (Merkwürdig ungewordne Nation : fleißig & stillfriedlich arbeiten mochte bei uns kaum noch Jemand; die wollten Allealle bloß irgendwie ‹ gewinnen ›, Toto Lotto Kwiss & Krieg, wobei man ja notorisch nur verlieren kann – ‹ Wahrscheinlichkeitsrechnung › nennt sich die betreffende Wissenschaft.) / Da waren, traun, die Mitteilungen über die Potenz der Dorfhure noch interessanter. (Frage : ob man sich die glühende Zuneigung der eigenen Gattin wohl dadurch wieder zu erobern vermöchte, daß man ihr, morgens, 1 Rose in die Badewanne legt ? Vielleicht würde sie ja gleich mit 1 kleinen ASBACH erwidern. Oder ihn gar nackt kredenzen . . . ? : » Otje ! « . Und auch er nickte schwer und langsam; und stellte sich's vor – liebenswürdige greise Träumer wir, alleBeide. Aber : » Anschreien bei Tage ergibt Impotenz bei Nacht . « Ja; sicher. Gewiß .) / Und zwischendurch schimpfte die Kunststoffkiste schwer auf ‹ den Osten ›. Man legte *mehr* Kränze nieder. (Und nicht Einer hatte für ‹ Kasernen › ‹ Soldatenställe › gesagt – zugegeben; wir kannten lediglich die der Hitlerzeit; die-heute sollten freilich, ich hatte es erst jüngst wieder in der SPD-Presse gelesen, ganz anders sein, und gar nicht zu vergleichen. Immerhin hatte mich ‹ Das Reich › 70 Monate, gleich 2000 beste Tage, meines Lebens gekostet – zum Ausgleich hatte ich mein gesamtes Hab & Gut, bis auf 1 abgebrochenen Aluminiumlöffel, verloren :

nicht daß ich irgendwie darauf stolz wäre, au contraire; aber falls ‹ Andersdenkende › gar so flink mit ihrem ‹ Meckerer › bei der Hand sein sollten !) / » Prost, Otje . « : » Proos-Carloß ! « .
Die Stimmung der Fast-Vierfüßler wurde ausgelassener. / Der Altbauer (mit silbernem Haupt und goldenem Schnurrbart; mit wollenem Leib und ledernen Füßen – *und ‹ Altbauer ›* : was die sich gegenseitig so für Titel erfinden !) nahm einen Messerstiel in den, noch leidlich festen, Mund; stellte 1 Schnapsgläschen auf die Klinge : – ! – : – und balancierte es so quer durch die Gaststube – : » Braawoo ! « . (Auch er ‹ gewann › dafür sogleich wieder etwas : was'n Volk !) . / Der Tagelöhner, in schlappem fahlem Leinenanzug, kriegte noch 1 letztes Glas Fusel eingeplumpt; und machte dann den ‹ Preußischen Parademarsch von 1910 › vor : ‹ Da-Búffa Búffa Búffa Búff ! › – Bei dem Anblick winkten wir doch lieber den Wirt herbei; zahlten kompliziert; und gingen. (Noch lange vernahmen wir hinter uns eyn schön new liet : ‹ Ü berDei neHö henfeift derWinnt. Sokallt. ›)

5

Und heut um 9, ich erwähnte es wohl bereits, sollte nun besagte-gemietete Säge erscheinen. / Wir waren, vorsichtshalber, um 6 aufgestanden. Hatten ‹ weiß › gefrühstückt, (um, sportlich trainiert, sämtliche Kräfte beisammen zu haben). Und warteten nun eben – Tropsch ließ uns den Begriff der ‹ Ewigkeit › baß erkennen lernen ! / Griffen wir also dann & wann zum Sehrohr, und spähten den fernen Schnitterinnen unter die Röcke. Erkiesten uns Jeder Eine; führten sie in die betreffende ‹ Fichtenlaube ›; und taten ihr dies & das, vor allem das. (Natürlich nur noch in der Fantasie; wir hatten schließlich allerhand zu sägen – wenn ich mir so diese grauen, zernagelten Bretter besah . . . . .) . / Warum verzog Otje sich ständig hinter's ‹ Haus › – wir hatten vereinbart, das Dings so zu nennen – und murmelte währenddessen was von ‹ Ma sehn ob er kommt › ? Da war doch nichts als Wald : von da her erschien Tropsch doch bestimmt nicht. Kam zurück. Und roch, wie wenn er ‹ fündig › geworden wäre; (gleich anzüglich schnüffeln : hff-hff. – Freilich; die Morgenluft *war* rauh. Hm .) / Gespräch über die ‹ Wechseljahre der Frauen › : » Sollte man nicht auch das genaue Gegenteil erwarten können ? « ; (nämlich, daß sie besser ‹ ließen › : sicherer freier weniger prüde würden ? Schade um all die freislichen Hüften, mit Zubehör; alles noch fast wie neu .) / » Halb Neun erst . «

Anderes Thema : » Meinst Du, wir könnten Schwierigkeiten haben ? Wenn wir heute, so nahe dem 20. Juli, sägen ? « . Und ich, nach keinem Zögern : » Achwas ! Einmal mittenhier im Walde. Und überdem : wann sonst hätten wir denn wohl Zeit zu sowas ? Neenee; da soll uns Einer komm'm ! « . (Und 'ne merkwürdige Ecke ist das ja : heute früh lag hinten, mitten im Waldgras – wo gestern Abend noch nichts gewesen war ! – eine Kugel von einem Fuß Durchmesser. Gelb; pampig-schuppig; als Otje mit'm Stock darauf schlug, wuppte es büchsen, und stieß dann eine flache, matt-giftgrüne Rundum-Staubwolke aus : »'n Bovist ! – Jung sollen sie eßbar sein.« Aber Otje, massiv-verächtlich : »‹ Eßbar › bist letzten Endes auch-Du. – Falls De nich zu sehr nach Bock schmeckst.«

6

: » Da ! « –

Gay-Lussac erschien mit seinem beräderten Apparat. / : » Na endlich ! « (Weil der Kerl noch zu murmeln wagte ! Während ich seine Pferdefratze so betrachtete, entstand in mir tief-innen irgendwie der Wunsch nach ‹ Sauerbraten › & Kartoffelklößen ‹ auf thüringische Art › – was man denkt, ist tatsächlich völlig irrelevant : » Gib ihm'n Stump'm, Carlos . « : » Du so'ss mich nich immer ‹ Carlos › nenn'n ! «) .

Der-hier also zum einschalten. / Das der Knopp, falls mal der Stamm zu dick sein sollte; die Säge stecken bleibt, und die Sicherung raus springt; bong. / Dies die Kipp-Führung. / : » Und ja nich durch Nägel durchsägen ! – Oder gar – « (und wie mißbilligend der Houynym auf unser scharmantes Wurzelholz zu blicken wagte !) : » – S-teine. Die sich häufich in solchn S-tubbm findn . « (Hau schon ab, Freund !) . –

Allein mit dem Untier – : sollten nicht überhaupt & grundsätzlich *drei* Mann zum Sägen sein ? ! Wir sahen uns an. Versichert waren wir nicht. Gegen sowas nicht. / Die Morgenluft wurde stärker; auch bunter. Ich schob verwildert den Unterkiefer vor; schritt hinum zum Hebel; und ruckte machtvoll – (voll Macht; voll-macht Schrumm) – : ? . / – – : ? ? – / : !

: sss-SSS-SSSIII – und der naja‹ Klang › durchpfiff derart bös die feuchte Stille, der Apparat vibrierte derart heftig, daß wir doch erst erneut unsern Mut zusammennehmen mußten. / : » Erst die dünnsten Stangen, ja ? – « –

: – – . / : – – ! / : – – – : – : ! ! ! –

Ei das ging ja scharmant ! / Schon hob ich, leicht ächzend, ein gewichtigeres Rundholz auf die (ungewohnten) Unterarme – : » Vorsicht ! « – (und den Oberstschenkel mit drunter; und, keuchend, am dicken-unteren Ende ausharren. Während der Schuft, oben, den ‹ Zopf › gleichsam mühelos, (und eingebildet lächelnd, ob ‹ seiner Kraft › was ? !), in Scheiben schnitt : Nu warte; wir wechseln auch mal ab ! / Sst, Sst, Sst : das waren läppisch-dünne Brettchen, no match for us ! / Es sprühte & schrillte & fiff, im treibriemigen Zug-Wind. – : » Mensch; das'ss doch noch *Eiche ! !* « (Denn die Eisenbahnschwellen wunderkerzten förmlich ! » Ob das aber Tropsch-Lüssack recht sein wird ? « : » Scheiß Gay-Fischer ! «) . Meinethalben. Obwohl man unser Geschrei sicher bis über's Flüßchen vernahm – schon schienen einige Nümfm herüber zu schauen; (und *was* die eigentlich dort machten, daraus wurde man auch nicht schlau – konnte das sein, daß die den Rand des Getreidefeldes-dort sauber gerade putzten ?) .

Ein Krach wie im Kriege ? Oh ja ! / : » Sag ma, Otje – hast Du, Deinerzeit, als Artillerist, nennenswert ‹ nachgedacht › ? « . (Mir fiel nur eben wieder dieser ‹ 20. Juli › ein. Auch kam eben ein ganzer Haufen dünner-kürzerer Stücke; wir standen ergo dicht beieinander, und konnten brüllend quatschen.) » Na ja, « erwiderte er unschlüssig; machte dilatorisch ein paar ‹ Sst-Sst › : » – aber wir hatten mal 'n Rechentruppführer dabei, der dachte ständig. Der hat mir, dann in belgischer Kriegsgefangenschaft, folgendes erzählt « : Sst-Sst ! : » Anfang April 45, im Rückzugsgebiet Oldenburg, hört er am Feldfernsprecher – ich glaub', Vechta hieß das Nest – daß das zur ‹ Lazarettstadt › erklärt sei, und Freund wie Feind ihre Verwundeten dort rein schafften. 1 Stunde später aber ruft auf einmal irgend'n ‹ Oberst › – der Befehlshaber des betreffenden Frontabschnitz – durch : ‹ Befehl ! : sofort 200 Schuß auf Vechta legen ! › . Auf die Rückfrage hin, plus submissestem Bedenken, daß doch just Verwundete . . . ? heißt

es, ebenso einfach wie brutal : ‹ Halten Se'n Mund ! In'ner Viertelstunde erwart' ich Vollzugsmeldung ! – : Ende ! › . – Nu sag, Carlos : was hätt'st Du gemacht ? « . Und wandte sich tatsächlich zu mir, als wär er's selbst gewesen, dem die Anekdote passiert war. : » Paß Du lieber auf Nägel auf. – Oder überhaupt : laß mich ma ran ! « . –
Und die breite santosbraune Schwelle fachmännisch mustern – auf Eiseneinschlüsse hin; auf eingewachsenen Schotter – und schon grollte die Maschine auf, bärenhaft-gereizt; und fraß sich, schrillend & stäubend zugleich, durch die Materie : hindurch ! (Und 'ne kaptiose Frage war es natürlich; denn ‹ Befehl war seinerzeit Befehl ›. Und Verweigerung Verweigerung. / Und ich war seit eh & je 1 Feigling gewesen. Und das Alter soll zwar im allgemeinen ‹ unfehlbarer › machen, oh leck; aber zusätzlich-mutiger wohl doch nicht. Entschloß ich mich also, nach der dritten Schwelle) : » Tcha. Mir wär' sicher ‹ schlecht geworden › . « Und, da ein Blinder den verächtlichen Ausdruck auf Otje's Gesicht hätte wahrnehmen können, rasch & heftig hinzugesetzt : » Sag bloß, Du wärst hochgeschnellt; und hättest heroisch gerufen : ‹ Nie, Sie unsittliche Obristenhaftigkeit ! › . – Oder vielmehr Dein ‹ denkender Rechner › : bring Du lieber die paar letzten Schwellen ran; dann machen wir 'ne kleine Pause. «
: ? – : » 'ne Pause ! ! « kreischte ich; denn der Kerl hielt, nein reckte, mir ein derart verständnisloses Ohr her – kurze-weiße Härchen wuchsen ihm in der Fleischtute; auch das noch ! – und verzog den Mund so abscheulich fragend, daß Einem nur die arme Frau leid tun konnte, die dergleichen flämisches Antlitz allmorgendlich auf dem Kopfkissen neben sich erblicken mußte.
– Pause . – / Erst als ich mich dabei ertappte, wie ich ihm, (der ganz merkwürdig leis' heute zu sprechen schien !) , an-

gestrengt auf die Lippen schaute, wurde mir bewußt, wie auch mir die Ohren klangen, präziser wimmerten, (wenn nicht gar gellten). Und buchstäblich weh taten : ich hatte das unabweisbare Gefühl, als sei mir das linke, länger der Säge zugekehrt gewesene, leicht geschwollen, und schmerze gar nicht undeutlich : konnte das sein ? ! – / : » Nee; Der hat folgendes gemacht : 1 Minute lang mit sich gerungen. À la ‹ heroisch ablehnen › ? : wird er erschossen. ‹ Schlecht werden › ? : dann machts der nächste Stellvertreter. Neenee : keine Lösung ! / Also über die Karte gebeugt – ‹ Zeit gewinnen ›, klar – dann Koordinaten abgegriffen; den Geschützführern draußen ‹ Seite & Höhe › gegeben. Und dann, als die ‹ 200 Schuß wie befohlen › raus waren, hat er ‹ Vollzug › gemeldet . « – Witzlos; ich zuckte auch gleich abfällig die breiten Hängeschultern. Aber Otje ergänzte : » Freilich hatte er sich, wie er mir *nach der Kapitulation*, *vor Brüssel*, anvertraute, ‹ vermessen ›. Den Planzeiger versehentlich an eine leere Straßengabel, 500 Meter vor dem Städtchen, gelegt. Kann ja dem Besten unter uns passieren, wie ? « . Nicht schlecht. » Eichmann würde sagen : ‹ Kein Wunder, daß wir'n Krieg verloren haben ›. – Kuck mal, da drüben !«
Denn da schwankte 1 Riesengerät durch die Felder. Und wendete schnarchend. Kam gefräßig wieder in unsere Richtung her – – : » 'n Mähdrescher ! « ; Otje, fachmännisch, mit dem Kieker am unfehlbaren Auge. (Dann durfte auch ich es sehen : auf der Kommandobrücke allerlei buntes Volk. Vierschrötige Roggenmuhmen; Kerle aus Blauleinen gepustet; Säcke große-schöne-pralle-trockene-viele). – » Hübsch. « – – : » Komm, weiter : in'ner guten Stunde treffen die Damen ein ! « . / Die langen Stämme überschwer; aber sie (die Säge) fraß sie (die Stämme) doch. Schon hielten wir, nervös, die Köpfe zur Seite vor dem Gebrälle. Schon riß sich Keiner

mehr von uns um die Sägelust. (Sonnenangestrahlt 1 Hochspannungsmast. : Was röhrst Du mir tiefsinnig ins schöne Ohr ?)
Otje : » Und erst im *nächsten* Krieg ! Ich hab'ne Schwester in Görlitz : wenn ich mir vorstelle, ich kriegte den ‹ Befehl ›, auf die 200 Schuß zu ‹ legen › ? ! – : Wie gut, daß wir nicht mehr Soldat zu spielen brauchen ! Da werden sich dann täglich diverse solche häkligen Fragen ergeben . – : Kuck ma ! « (denn eben kam die Dicke-Gelbe freiwillig vorbei : gleich hoben wir die Stämme müheloser. Lächelten (obwohl's vermutlich ausgesehen haben wird, wie auf Illustrationen zum 1. Teil DANTE); und hinterher gaffen, mit verschwitzten Leidensmasken. Ich bemerkte etwas. Otje erwiderte . : ? – Wir wiesen einander die leeren Handflächen : wir hörten kein Wort mehr. / *: » WAS : IST : DENN ? ! ! «* . / Bis er endlich Gebärden zu Hülfe nahm. Die Spitzen der kleinen Finger in die Mundwinkel hakte, und ihn mehrfach-schnell damit breit zog : ! (Auch noch zusätzlich hinter der ockern-Entschwindenden her zeigte : !) . – Achso. Ja; garantiert. Aber – und ich hob die linke Faust, an der ich den kleinen Finger schlapp abstehen ließ; und schnepperte mehrmals-betrübt mit dem Zeigefinger der Rechten daran : . . . . . . Und noch, überdeutlich-resigniert, den Kopf dazu schütteln : » Wir nich mehr, Otje . « – Auch er begriff; und senkte die breite Stirn schwermütig über's Sägeblatt. (Das vielviel leiser zu werkeln schien, denn zu Anfang : vielleicht wäre ‹ taub sein › ja gar kein so großes Unglück ?) . / Und fuhr doch auf, bei dem Todeston, als er den Baracken-Fensterrahmen klein schnitt; und, anschließend-betroffen, mir den zerteilten ‹ Stuhlwinkel › her zeigte : ! Oben drüber sein dämliches Gesicht. : » Jetzt kostet's 3 Mark mehr, Freund : es ist erreicht ! « . (Aber er verstand mich ja doch nicht. Und überhaupt ging es

erfreulichst dem Ende entgegen – ich tippte mich nur noch angewidert-bezeichnend an die eigene Schläfe; machte die Gebärde des Geldzählens; (und 3 Finger dazu heben : III ? ! – Er zuckte schwächlich die Achseln; und faßte's wieder mal nicht : » Laß gut sein . «) . / Und ordentlich auf den Moment freuen, wo man in sich zusammenfallen könnte !) .

7

: ‹ ENDE ! ! ! › – / (Und, alles hängen lassend, da stehen; wie benaut .) –

8

: 1 Hand auf meiner Schulter ? ! –
Auch Otje fuhr dito herum . . . . . : Jeder stand der Seinen von Angesicht zu Angesicht gegenüber ! / Wir hatten nichts, gar-nichts, gehört . : » Ja, seid Ihr denn taub ? « ; und amüsierten sich köstlich über unsere dreckigen, ängstlich-lauschenden Gesichter. Und streichelten uns idiotisch; und nickten sich zu, über uns arme Luder.
(Schienen & blieben jedoch guter Laune; denn sie hatten unterwegs irgend 'ne besondere Vogelsorte angetroffen – nach dem zu urteilen, was sie uns vor-flatterten und -schrien, » Dix-Huit : Dix-Huit !«, konnten's Kiebitze gewesen sein ? – Else kenterte beim Vormachen der Wildlederhut; sie duckte sich (wobei ihr Hintern breit wurde, wie ein Waschkessel : schön !) und fing ihn wieder – also bestimmt Kiebitze. / Wir zeigten ihnen im Fernrohr noch jene Archenoah, lautlos treibend in Roggenseen. (Und Beide gleich, beanstandend : » Na, ‹ lautlos › ? – Das knattert doch ganz anständig . « – Wir hörten

nichts, wir Beide. Legten aber indessen den Grundriß zu jenen befohlenen 2 Holzfeimen – : so etwa würde das-dann-demnächst aussehen . : » Schön . «) . / Schnuppern – : » Sagt mal ? – : Habt Ihr was getrunken ? ! « – (Und gleich die bekannten angewiderten Gesichter dazu geschnitten : das ist der Dank .)

WINDMÜHLEN

I

»Wie häufig mögen im Bundesgebiet die Orte sein, wo es kein Coca-Cola gibt?« fragte er; ohne Groll, obgleich er bereits zum zweitenmal auf die Bremse treten mußte, weil das fantastische Lastauto vor uns erneut langsamer fuhr: groß wie die Wand eines 1-Familien-Fertighauses war das Reklameschild am Heck geworden, (ganz abgesehen von dem Rot!).
»Nach einer Berechnung von Gauß so häufig,« antwortete ich, »wie 5 Fönixe, 10 Einhörner, oder 22 Bedeckungen des Jupiter vom Mars.« »Kommt das überhaupt jemals vor?«, erkundigte er sich. »Zum Beispiel am 5. 1. 1591.« entgegnete ich, geübt & kalt; und er schnob mißtrauischer.
Ölbohrtürme ringsum. Frau Technik regte ihre mit Recht sogenannten Tausendgelenkezugleich. Dazwischen nochnichtsahnende Äcker; (um den 1 Zaunpfahl aber auch schon der Totenkranz aus rostigem Stacheldraht – nun kam auch noch unsre Staubfahne als Witwenschleier hinzu).
FRIMMERSEN 2 km? Und ich breitete Richard 1 fragenden Handteller hin, da er abbog. »Brief an'n Bademeister abgeben,« erklärte er; »hab's'm Ortsbullen versprochen.« –
Also Frimmersen. / Zuerst zeichnete es sich wohlthuend durch seinen absoluten Mangel an Sehenswürdigkeiten aus; (mir fiel, so unvorbereitet, auch niemand Namhaftes ein, der hier geboren wäre); aber dann kam's: die verzwickten Janus-Züge des Niedersachsendorfes, wo zu böser Stunde Einer ‹fündig› geworden war. »Du meinst, zu ‹guter›« be-

richtigte er mich. Andrerseits ja. / Aber kurios sah es immer aus : zur Linken ein ruhiges altes Fachwerkhaus; zur Rechten der Neue Brunnen, wo 1 steinerner Prospector seine Öltonne auskippte : aus deren Spundloch schoß der Wasserstrahl dahin, wo Mutter Erde 1 zementenes Schnutchen machte – weg war er.

Und mehr böse Träume aus Zement & Glas, und Nickel & Schwarzbakelit. (»Du meinst ‹gute›« mahnte er. Andrerseits ja.) / Das Rathaus. (Ob die Blumen davor ‹Gremien› hießen ?). / Eine sehr Neue Kirche. / Den Vogel schoß, meiner geringen Einsicht nach, die Kreissparkasse ab : entweder waren diese Architekten uns Allen so weit voraus ? (Und der Mund schnappte mir vor dem ‹oder› von alleine zu; denn ich bin, wie jeder anständige Mensch, meiner Ansichten oftmals müde.)

»Austern-Stew & Leberkäse & Krabben & Wiegebraten-in-Scheiben ?« »Geh ruhig rein, hier kriegs'De Alles,« versicherte er; »Die hab'm sogar 'n Theater ! Du wirst noch Knopplöcher machen.« (Sollte es möglich sein, daß ausgerechnet mein considerabler Blick ihm Anlaß zu dem vulgären Vergleich geworden war ? He's so terribly unfein.)

Also steifbeinig raus, Richtung Schlachter-Fleischer-Metzger. Erst noch das ‹Knallert› vorbei lassen, (so nennen die Dänen ein Moped; bei uns wäre der Name ‹unmöglich›, denn wir besitzen weder Erfindungsgabe noch Humor. Unter anderem.) / Und auch noch die Beiden vorbeilassen – tcha, durfte Einem, bei solcher ‹Lage der Dinge›, überhaupt ‹Dörflerinnen› einfallen ? : Gesichter aus umstrubeltem Braun; Oberleiber von buntem Zitz; um die Hüften wippte ein Lampenschirm; Beine aus Kräuselkrepp; sie klatschten in ganz platte Kunststoffsohlen.

Dann rinn in' Laden; (sogar die *Decke* war hierzulande ge-

kachelt !) ; und die Bitten hergestammelt. Den langen, mondän-dürren Armen der Verkäuferin zugesehen. (An der Wand der ‹ Meisterbrief ›; ‹ geboren 16. 6. 1900 ›). – »Ich hab'allerdings nur 'n 50-Markschein . . . ?« : »Oh, das macht nichts.« (Natürlich nicht; wie dumm von mir; wir waren schließlich in Frimmersen.) / Und wieder raus, zu Richard, die Päckchen im Ellenbogen; auf den ‹ Todessitz ›. –
Und da, kaum daß er recht Gas gegeben hatte, kam der Sprungturm in Sicht. Wir bogen ein, den scharmanten ältlichen Graspfad entlang. Und dann natürlich, es ist wohl unser Kismet, die Wagenburg eines Parkplatzes; (aber hinter der Hecke huschte es doch auch gleichzeitig nahe-bunt wie Gestaltchen und Gestalten, wie Gelächter und Geschreie.)
Hinter mir warf Richards Meisterhand die Autotür ins Schloß. Hinter dem begleitenden Maschendraht hantierte es, wie 1 weißer Spitz. (Hinter dem wiederum Malven, die ich sehr schätze : schlank & hoch & mit Rüschen besetzt.)
»Zweimal; für Nicht-Badende, bitte.« Die glühschwarz Bescheitelte am Schalter schob mir den Bettel her, ohne die Augen von ihrem Buch zu erheben; (müßte man der Verfasser sein wollen ? Ich störte sie also absichtlich noch einmal, durch den Ankauf dieser Postkarte-da, der Luftaufnahme vom Schwimmbad; nun mußte sie zwangsläufig den Kopf hoch nehmen – und sah doch, ja wie soll ich sagen, recht ‹ zeitlos › aus; mir fiel gleich die Sparkasse von vorhin ein.)
Richard war mir längst auf den Fersen, sich am Staunen von armes Nigger zu weiden; und da hatte er ja Recht : viel zu sehen für wenig Wampum.
Bürstenkurz geschorener Rasen. Mit Blumen-Rabatten. / Jazz aus Lautsprecher-Laternen. / 3 Becken : Planschkinder; Nichtschwimmer; und erhöht, ganz ‹ am Hang ›, das für die Aus-

gelernten. (Und die davorgeschalteten ‹Durchgangsbecken›; zum erst Füßesauberspülen; sehr gut!). / Der weiße, sinnvoll hagere, Turmriese neigte sich liebevoll-zehnarmig. / Und das bekannte Rundum-Gewimmele : zum blauen Badeanzug die hellgelbe Kappe; zum dunkelroten gar keine. Hier der federnde Gang der erfolgreichen Buhlerin; dort ein dicker Zopf in verlegener Hand; Alle jedoch hatten sie zu kleine Augen vor Sonne. Wir griffen uns über den schmalen Rand dieses Durchgangsbeckens entlang, zum Bademeisterhaus.

Der lehnte schon, in einer Rauchwolke, über sein Geländer her: blockschokoladenfarbene Schultern, ein Bauch aus altem Kupferblech, Füße wie die selige Königin Luise – sie war berühmt für deren Größe. (Etwas kleiner als ich? Vielleicht um die Dicke einer Straßenbahnfahrkarte.) Die rechte Augenbraue martialisch gezwirbelt; ein hochgerutschter Kaiser-Wilhelm-Bart – war der Mann etwa Hohenzollern-fan? Aber sein Haar hing unfürstlich-einfältig, und der Mund maulte & murmelte angenehm plebejisch.

»Freut mich –«; (hieß er Fritz Bartels? Der Nachname war schwer zu verstehen gewesen.) Der gelb und schwarz längsgestreifte Bademantel, auf dem Stuhl zur Seite, enthielt einen ‹Eugen Soundso› : war dessen Rücken nicht aus kohlschwarzer Seide; und darauf ein Drache abgebildet, den Rachen in Popo-Höhe, die Schwanzspitze bis auf die Fersen? Er entließ 1 eleganten großen Rauchring aus seinem Inneren, und besah mich prüfend durch denselben. Bis ich mich umdrehte.

2

Hei : hier von oben konnte man freilich nur ‹Ozean, Du Ungeheuer› murmeln! –

: Das Wasser metallisch-giftblau, (Kugeln an Kristbäumen hatte ich in der Art, als Kind, wohl gesehen; nachher erfuhr ich, daß der Grund absichtlich so emailliert sei). / Das Becken, in das feuerrote Leitern führten, das übliche Rechteck, 50 mal 20; der einen Längsseite jedoch eine breite Spitze angesetzt : an der dergestalt neugewonnenen fünften Kurzseite der Hekatoncheir von Springturm; sodaß man gleichzeitig Kobolz schießen, und, daneben, auf 8 Bahnen wettstrampeln konnte: handbreit sahen aus dem blautaumelnden Grund die Trennungslinien herauf, von der Farbe des getrockneten Bluts; sie wakkltn. (Also doch nich ‹ das übliche ›.)
Auf jedem Startklotz hockte seine Undine, riemenschmale Arme um stockdünne Beine gewunden; oder auch machtvolles Rückenfett, schwer zu umklafterndes; die Trägerbänder, falls überhaupt noch vorhanden, waren schmal wie Finger geworden, (im Vergleich zu meiner Jugendzeit.) Und Allealle hielten sie fakiren die glatten Felle ins brüllende Licht, ob weiß ob gelb ob rot ob braun, bis es Blasen zog.
: »Im Innern der Gestirne sollen Temperaturen von Millionen Graden ‹ herrschen ›.« sagte ich, um die Befangenheit galant zu überbrücken. »Das muß sehr unangenehm sein,« murmelte der Gestreifte träge; (und die beiden Andern kicherten; geschieht mir recht. – Oder auch nicht : Einer muß schließlich in solchen Fällen das Opfer des Intellekts bringen.) Immerhin hatte ich den Bann, beziehungsweise die Bahn, gebrochen. »Was macht die Frau ?« wandte Richard sich an den Bademeister. »Sie betet mich an,« versetzte Der düster : » sobald sie mich zu sehen kriegt, ruft sie ‹ Oh mein GOtt, mein GOtt ! › « . Nachdem wir uns erneut ausgefeixt hatten, bemerkte der Gestreifte mit liebenswürdiger, unangenehm leiser, Stimme : »Ein Säckchen aus einem alten Perlon-Strumpf; etwas E-605-Pulver hinein – dies Dir in die

Teetasse gehängt, wird Dich bald aller Sorgen quitt sein lassen.« Er schlug sowohl den Wespenmantel auseinander, als auch 1 rankes Bein über das andere.....: trug der Kerl nicht die Badehose aus *Brokat ?!* (Aber Richard, der meine Verstörtheit bemerkte, drehte gleich die Augen *so* hoch; und telegrafierte mit dem ganzen Gesicht, daß ich relativ rasch begriff, I can take a hint.)
Man hatte uns auch gar nicht beachtet; sondern, und mit vollem Recht, nur den – in jedem Sinne des Wortes – ‹ abgebrühten › Backfisch, der sich anschickte, die Treppe zu forcieren, wie auch der große Zeigefinger des Bademeisters majestätisch sichelte; es breitete die Ärmchen zu uns auf, und brüllte heischend. Ich begriff sie nicht. Jener aber bat uns mit der Hand um Urlaub; tat 3 Schritte zurück in sein Gehäus; hand-tierte dort – und gleich darauf entstand Musik über'm Gelände, Tä-Tä & Bumm-Bumm (Bhumibhol & Sirikit); und dann dröhnte ein jovialer Baß : »Der rote Reiter von Texas macht wieder mal Ordnung im Land.« Aber so laut er auch ab & zu wurde, man verstand die Worte des Gestreiften doch :
» Deine Gestik eben, Fritz, erinnerte mich an Italien; dort hat man sie zu einer wirklichen Kunst entwickelt; und zwar wird sie umso ausdrucksstärker, je weiter man nach Süden kommt – sehr interessant. In Padua-etwa schüttelt man erst nur verneinend den Kopf. In Bologna fächert man, wie Du eben, mit dem Zeigefinger. In Florenz desgleichen; fügt jedoch, staccato, noch ein ‹ via ! › hinzu. Ab Neapel aber macht man *so* – «, er richtete sich überraschend auf und nach vorn; machte aus seiner Hand eine breite massive Klinge; legte sie sich, den Handrücken nach oben, unters Kinn, (den Daumen am Kehlkopf); funkelte uns erst giftig an, krötenhaft gebläht – und zog sie dann unversehens nach vorn weg, auf

uns zu, wobei die Finger dramatisch auseinanderflogen : ! . Sank dann erschöpft zurück, und merkte nur noch an : »Vielleicht kannst Du, oder willst Du, zu guter Stunde Gebrauch davon machen. – Ich stelle es Dir jedenfalls zur Verfügung.«

» Ihr wart wieder in Italien ? « fragte der Bademeister argwöhnisch. Und der Gestreifte nickte : »Ich & Geert-Wilhelm. Und Sebastian, und Bübchen-Pauli; und Ernst-August –«.

»Was ? Die ‹Königin-Mutter› auch ?« fragte der Bademeister interessiert; und Jener nickte gemessen.

»Wir haben uns dann, oberhalb Udine, an einem entzückenden kleinen See eine einsame Jagdhütte gemietet,« – (hier kniff Richard, ohne ansonsten sein Gesicht zu verändern, das auf meiner Seite befindliche Auge zu; und ich machte, gleich unauffällig, pollice verso, einen Mundwinkel) – »Es war wirklich ganzganz herrlich,« der Gestreifte legte die Hand wie zum Schwur ans Gesäß : »Immer der frische Fisch – ich esse die *Augen* so gern – und diese Erlebnisse . . . .« ; er bewegte einmal den hohen Kopf hin & her; biß sich auf die lächelnde Unterlippe (was ich nicht hätte tun mögen), und sann.

» Einmal gehen wir, untergehakt, einen Waldweg entlang – da hören wir Schreien : 1 Mann irrt einher; blinzelnd und tastend. Wir nahmen seine Hände – die Finger tiefgelb, ja braun; aber nicht vom Rauchen, sondern vom Pilzesammeln, es gibt da gewisse Kremplinge, solche lederfarbenen. Kurzum, ein Zweig hatte ihm, beim Botanisieren im Unterholz, die Brille abgestreift, und er sie nicht mehr wiederfinden können. – Nun, wir haben uns seiner angenommen; ein Nobile übrigens, ein sehr kultivierter Mann, der Beiträge in historische Fachzeitschriften lieferte. Was war gleich seine letzte Arbeit gewesen ? – : der Nachweis, daß ein Papst, ich glaube Alexander der Siebente, mit dem gleichzeitigen türkischen Sultan, Mohammed dem Soundsovielten, verwandt gewesen sei.« Die Aufnahme dieser gelehrten Notiz war eine geteilte; ich beschloß, im Stillen, nachzusehen; Richard zuckte bedenklich die Achseln; nur der Bademeister nickte bitter, und bemerkte, er zweifele nicht daran. (Immerhin : gab es nicht in Frankfurt glaub'ich, noch heut die Firma TÜRK & PABST? Schon fielen mir Sardellenpasten ein, samt Krabben in Gelée, und lauter so'che sem'jen Sachen.) Wieder wurde der Blick des Gestreiften starrer; er fuhr fort:

»Ein anderes Mal – die Nacht war schön gewesen, und der Mond voll – fiel uns ein, ‹Frühsport› zu treiben. Wir behielten unsere gestreiften Pyjamas gleich an, und tollten durch den Wald. Kommen auf ein Feld hinaus – : und der pflügende Bauer, sobald er unsrer ansichtig wird, schleudert sein Gerät von sich, und rennt, was er rennen kann, in Richtung Dorf! – Der Gendarm, der uns nachher vernahm – der Nobile kannte ihn, und beschwichtigte ihn unschwer – klärte uns auf : der Mann sei vor den auf ihn zustürmenden gestreiften ‹Zuchthäuslern› geflüchtet.« Er vereinnahmte, graziös-abwesenden Maskengesichts, Beifall & Gelächter; sein Blick mäanderte ja längst wieder übers Gelände; einmal hob er das teure Doppelglas vor's Augenpaar.

Nun habe ich mich schon von kleinauf für optische Instrumente interessiert. Er hielt es mir gleich gefällig hin; und ich sah mich ausgiebig um, nach dicht-rechts, nach den kleineren Becken hinüber.

: bunt-bunt-bunt; geblümt gestreift gepunktet & kariert. Orionspreizige Gebärden : Juhu! Auch auf dem sanften Rasenhang Sternbilder aus Stoffhäufchen & Menschenfleisch. Still schwitzende Geduckte. (Und polizeifromme Gesinnungs-

heuchler schlichen überall grauhaarig umher; und machten, sub specie professoritatis, Farbaufnahmen mit der Rolleicord.)
1 Walküre ? : Wo ? ! – (Tatsächlich; das war das schwächste Wort für die Figur !). Wir sahen Alle längere Zeit zu, wie sie heranschritt, im altertümlich weit & breiten Badeanzug; schon jetzt hörte man ihre Brust vor Anstrengung kochen. Der Bademeister sah gleich betroffen nach, welches Maximum an Gewandung in der Badeanstalt Frimmersen noch erlaubt sei; (verglich auch mehrfach, von drinnen, den Zeigefinger auf der betreffenden Zeile seiner Dienstanweisung an der Wand); und kam, achselzuckend, zurück : »Vielleicht will Se'n Rettungsschein machen ?«. Sie schritt königlich zu einer der Feuerleitern. Mit jeder Stufe nahm ihr Gewicht ab. (Und gleich darauf hatte ihr Kopf – nein : Haupt ! – die Anzahl der im Wasser treibenden vermehrt.)
Da Richard die Anekdote zu erzählen begann, die ich bereits kannte – von den beiden, zu Haus allein gelassenen, Kindern : die ältere Schwester hatte angeblich das lustig-lallende Brüderchen aus Spaaß in die Wäschezentrifuge gesteckt, und dann, wie Mutti, am Schalter geknipst – hob ich neuerlich das Glas. / – . – . – / : Drüben, an den Restaurant-Tischchen, eroberte eine geübte Sekundanerin einen wehrlosen älteren Herrn dadurch, daß sie ihm gegenüber fleißig Schularbeiten zu machen anhub; (zweifellos stöhnte sie dazu auch diskret; und sah ihn aus großen, süß-abwesenden Augen an . . . . . : ?) : Aha; schon ‹half› er ihr. Schon steckten sie die Köpfe zusammen. Schon kam sie, der fruchtbareren Zusammenarbeit wegen, zu ihm 'ierum, auf seine Seite. : Schon erschienen 2 Eisbecher ! (Und wie dergleichen Trockenschikurse eben weiterzugehen pflegen. » . . . als der Vater nach Hause kam, lief schon das Blut raus. « hörte ich Richard dumpf schließen;

jetzt also noch die leicht-undulatorischen Handbewegungen, die jenes Fließen veranschaulichten.)
» Luther hat übrigens auch ma befohlen, ein zweijähriges Kind in die Zwickauer Mulde zu werfen; weil er es für ein ‹ Teufelskind › hielt. « sagte der Bademeister nachdenklich; (hatte sich also auch theoretisch mit seinem Beruf beschäftigt, nachgelesen, zweifellos in den Wintermonaten, ‹ wenn Bad & Turm mir eingeschneit ›.) » Tcha; das Baden ist noch gar nicht so alt, « bestätigte der Gestreifte, und nahm, Dank nikkend, sein Fernglas wieder entgegen; (ließ es auch eine Weile lüften, ehe er es, mit einer gewissen Überwindung, die ihm sehr gut stand, wieder benützte).
Wolken frech und groß im Pappellaub ? Der Bademeister spähte gleich mißtrauisch hin, durchs Brauengestrüpp, aus Augenteichen. Dann wanderte sein Blick wieder zurück, über Wasserrutsche, Restaurant, Umkleidekabinen, Freischwimmerbecken, und Sprungturm, ‹ An Bord Alles wohl ›. (Einen Nordpfeil könnt'ich mir eigentlich auf meine Luftaufnahme noch einzeichnen.) Dann riß er endlich den Brief auf, den Richard ihm mitgebracht hatte.

3

Und begann sogleich mit heller Stimme zu fluchen : » Mensch, am Ersten muß ich wieder nach Urningsleben ! Den dortigen Bademeister für 4 Wochen ablösen : auch das noch ! « . Und besah sich wütender die Spinneweben der betreffenden Handschrift. Schüttelte, rat- und hülflos, den Athletenkopf. (Und wieder » Tz ! « ; und mehr Flüche im engsten Vertrauen.)
» Warum bist Du bloß so gegen Urningsleben, Fritz ? « er-

kundigte sich tadelnd der Gestreifte : » Kann Einsamkeit denn nicht auch schön sein ? « . Und wir wollten die Antwort doch noch abwarten – wir hatten ja auch weiter nichts zu tun.
» Nee; nie. « sagte der Bademeister wild, und warf einen leuchtenden Blick über sein Rummelparadies hier; dann, schmerzlich, zu uns : » Kennt Ihr's ? – Nee ? « .
» Also stellt Euch 'n großen Teich vor – « (»Ein kleiner See,« mahnte der Gestreifte zart) – » Schilf, Entengrütze, Moorboden; am Ufer Weiden- und Erlendickichte. Die ‹ Liegewiese › muß der Bademeister ‹ instand halten › : uff Deutsch also ‹ gratis mähen ›. Und Abends die *Frösche !* 'n vernünftiger Mensch kommt die ganze Säsong nicht hin. «
» Vor 2 Jahren hatte sich'n ganzes Sanatorium eingemietet; ‹ mit interessantem Krankengut ›, wie mir der greise Scheffarzt allmorgendlich beteuerte : *Sachen* gab's da zu sehen, die jeden Casanova bekehrt hätten; ich hab' allen Ernstes erwogen, Buddhist zu werden. Wenn die eine Krankenschwester nich gewesen wäre : groß, weißblond; Pastorentochter, ganz strenges Gesicht; Jungfrau war se auch noch. « Ich sah unwillkürlich auf das mannshohe Thermometer neben mir : 31° im Schatten ? ! Der Gestreifte tastete nach der Anstecknadel an seinem Mantelaufschlag, MACHT DAS TOR AUF ! Richard nickte langsam & stark, und stellte sich's vor.
» Untergebracht hatten se mich natürlich in'ner Dachkammer : ganz finster; nur 1 staubige sehr schräge Luke. Überall diese Riesenspinnen, wie man sie in Badewannen antrifft; in der Tasse jeden Morgen 'n Ohrwurm. Einmal wach'ich früh auf; fühl was im Mund, kaue schlaftrunken – da war mir 'ne Wanze reingefallen ! «
Der Gestreifte beugte sich vor : » Wie schmecken Wanzen ? « fragte er mit ungekünsteltem Interesse. – »Ochgottso – stin-

kig, gallstrig,« sagte der Bademeister verwirrt; »jedenfalls abscheulich!«. Aber der Andere bewegte ablehnend das Gesicht, à la Das verstehst Du nicht.

» Und erst der verrückte Wirt von dieser ‹ Waldschenke › ! Wenn nichts zu tun war, saß er in seiner Holunderlaube; der Weg dahin war mit Bierflaschen eingefaßt : *aber die Etiketten mußten noch dran sein; andre nahm er nich !* – Als ich ihn zuerst sah, hatte er anstatt des linken Auges ein hartgekochtes Ei : mit'm Leukoplaststreifen drüber; von der Stirn bis zum Mundwinkel. « » Das'ss doch 'n uraltes Hausmittel, « sagte Richard ruhig : » Der Kerl hat'n Gerstenkorn gehabt, weiter nichts. « Aber der Bademeister wehrte energisch ab : » Neenee. Der'ss total molum. «

» Voriges Jahr komm'ich mit mei'm Koffer in die Gaststube rein – da sitzen an den Tischen 10 Herren in schwarzen Anzügen, still wie Geister. Ich hab' auf die Uhr gekuckt : in der Viertelstunde, wo ich mit dem Wirt verhandelte, hat Keiner auch nur 1 Sterbenswörtchen gesprochen; kein Laut nichts; ich dachte, ich wär' schon tot ! « »Schachspieler ?«, erkundigte der Gestreifte sich träge.

» Ich rauf in die Wanzenkammer; umziehen, Badehose an; und bloß schnell wieder runter, ins Freie, in den Wirtshausgarten. Selbstverständlich nur diese uralt-widerlichen Klappstühle von 1900, Eisengestell & dürrer Lattensitz; aber ich setz' mich doch drauf, so daß ich mit 1 Auge den kleinen Bootssteg immer pflichtgemäß kontrollieren kann – auf'n Körper kann man im Beruf eben keine Rücksicht nehmen. «

» Und da sitz'ich so. Im Wasser natürlich nicht 1 Mensch. Aus der Geisterstube kommt der Wirt geschlürft, mittelgroß, fleischig, pomadig, ganz Mijnheer; geht stumm vorbei, und setzt sich in seine Laube. Und Stille wieder. Und ich gaff' in mein'n Zitronensprudel, bis sich's bei mir langsam anfängt

zu drehen. Die Erlen rascheln unerfreulich. Einmal regt sich's unter der Entengrütze – so ganz merkwürdig hoch, wie wenn Einer mit'm Kopp durchkommen will; ich hab' direkt 'n Augenblick geschwankt, ob ich nich reinspringen soll ? Und mir wird immer wirbliger im Gemüt, ganz komisch, so ist mir doch noch *nie* gewesen ! «
» War's denn auch wirklich reiner Zitronensprudel ? «, Richard, ungläubig. Aber der Bademeister wehrte unwillig ab : » Ich bin meist Anti-Alkoholiker. 'n Sommer-über. « sagte er hastig, während seine Hand nach der Trillerpfeife tastete : fast unter unserm Balkon, dicht am Beckenrand, zauderte ein Zwölfjähriger, nur halb noch ‹ Mittelstürmer › und Hans-kick-in-die-Welt. Neben ihm seine gleichaltrige Mätresse, die Lutschstange im Mundwinkel; der dünne lange Arm, vorn drohend zugespitzt, wies weit ins Blauwasser; die grelle Stimme verkündete unverhohlen : » LiepsDe mich, denn liepsDe auch mein'n Ball : hol'n raus. « Und wir schoben die Unterlippen vor, und nickten uns anerkennend zu : Die würde ma gut werden ! (Wenn wir längst am Stock gingen; ‹ Es wird a Wein-sein ›.) Der Knabe hechtete todesverachtend; (‹ Von der Freiheit eines Kristenmenschen ›; jaja); und kraulte doch immerhin schon so erklecklich, daß der Bademeister die Hand von der Pfeife ließ, und schwermütig fortfuhr :
» 2 Stunden also ohne jedwede Kundschaft. – Und auf einmal gibt mir's doch den Ruck : *DIE WINDMÜHLEN !* « .
» Zuerst dacht' ich noch, ich träume; es ist ja ganz seltsam, wie lange das manchmal dauert, ehe Ei'm sowas bewußt wird. Diesmal waren's also Windmühlenmodelle. 6 Stück hatte der Wirt bis jetzt fertig; alle genau-gleich : anderthalb Meter hoch; grün angestrichen; die Haube dachschindelrot; die Flügel schneeweiß. Wo man hinsah, stand auf einmal, auf ihrem mannshohen Pfahl, so eine Windmühle. Drehte sich;

fixierte Einen; und machte wieder aus ihren Flügeln die langsam-grauliche Scheibe. Ich hab' natürlich sofort den Blick auf meine Tischplatte geheftet; die war wenigstens rechteckig und fest – allerdings auch hier die Farbe meist runter, und das Ganze doch verdammt-ä – ‹abstrakt›, ja ? « . » Kann man denn anders sein, als abstrakt ? « fragte der Gestreifte höflich-erstaunt.

» Ich konnte jedenfalls anstellen, was ich wollte – zählen; schnitzeln; an Jutta denken – « , (» Heißt Deine Frau nich ‹Hilde› ?« wandte Richard verdutzt ein. Aber es achtete Niemand auf ihn.) – »ich mußte doch immer wieder, in immer kürzeren Abständen, auf die Windmühlen hinstarren. Und –«, (hier drehte er sich, den Zeigefinger einprägsam vorm Kinn, zu uns), – »behaltet immer die zusätzliche Dachkammer im Auge. Und die Wanzen. Und die Ohrwürmer. – Als die Dämmerung einbrach, ging ich sofort zu Bett; mein Vertrag lautete schließlich nur auf ‹Tageslicht›.« Er unterbrach sich; denn eben ging unten die nun-erfrischte Walküre, von vorhin, vorbei : alte Hände, und hochgeschlossen; aber durch den Stoff-vorn trat es, wie 2 Wallnüsse. Wir atmeten diszipliniert hinterher; und er fuhr fort :

» Am nächsten Morgen ein Erwachen aus wüsten Träumen – so ‹Krieg›, wißt Ihr : Menschengekreisle auf Bahnhöfen; ‹Jabos› fliegen oben Karussel, man feuerte auf mich, daß die Steine spritzten; 'n Arzt hat mir ma gesagt, der hier baden war, ich hätte'n ‹Labyrinth-Komplex›. « (»Wer hätte den nicht ?« fragte der Gestreifte erstaunt.) » Jedenfalls fängt genau dasselbe Theater wieder an : von rechts-drinnen alle halben Stunden 1 intensiv-leises ‹au roi !›; hinter mir rauschen die Erlen; links nickelmannt die Entengrütze; und vorne eben die Windmühlen – : ‹eingekreist›, ja ? ‹umzingelt›. «

» Nachmittags, gegen 15 Uhr, – « (endlich mal Einer, der nicht ‹ 3 › sagte; wie schwer so eine ‹ ältere Generation › doch ausstirbt) – » ein Paddelboot, mit 2 jungen Leuten. Da kam Leben rein. Landeten; rissen Witze : nischt war ‹ heilig ›; weder der Wirt noch Botwinnik; weder der Papst noch Süngman-ree. Ließen sofort 'ne Flasche CHANTRÉ anfahren. Setzten sich zu mir an den Tisch; erzählten Witze; wir blühten auf – erinner' mich nachher ma, Eugen : den einen, von dem Kutscher, der sich bei seinem Herren wieder einschmeicheln wollte, muß ich Dir erzählen. « (Und der Gestreifte nickte gemessen.)

» Anfangs sind wir also recht munter; ich wie erlöst. Aber so gegen 16 Uhr 30 merke ich, wie sie stiller werden. Die Stimmen tapriger; die Mienen hängen ihnen seltsam schlaff; die Finger fangen auf der Tischplatte zu zupfen an; die Augen irren, und in ihnen spiegelt sich's. Erst wird der Blick des Einen starr; dann der des Anderen – ich folge der Richtung . . . . . ? « . »Die Windmühlen.« sprach der Gestreifte sorgfältig den betonenen Balkonfußboden vor sich an.

» Da spring'ich auf – so ging das ja, schon um ‹ des Geschäftes › willen, nicht weiter – und rücke dem Wirt auf den Leib; bis ich das Weißei in seinem Auge, das Schwarze unter seinem Fingernagel erblicke : ‹ Schaffen Sie die Windmühlen ab ! › . « (»Geben Sie Gedankenfreiheit, Sire.« murmelte der Gestreifte, genüßlich-versunken, wespenschlank.) »Er regt sich nicht. Kehre ich also an unsern Klapptisch zurück; wir warten stundenlang, und sammeln unsern Zorn. Jene gehen zur Ruhe; wir trinken noch Mut. Der Vollmond, groß & blaßgolden, beginnt aus den Erlen – « (und den Satz-Schluß sprachen Zweie gleichzeitig; der Gestreifte : ». . . und dennoch sagt der viel, der ‹ Abend › sagt.« ; der Bademeister) : » Wir brechen, kurz vor Mitternacht, die Windmühlen ab,

und werfen sie in den Teich ! « . (Beide wurden im selben Moment fertig.)
» Aber diese Nacht dann anschließend – ? « stöhnte der Bademeister; (auch 115 Zentimeter Brustumfang schützen demnach nicht vor Gewissensbissen). – »Gegen 4 Uhr werde ich wach. Gehe, willenlos, wie gezogen, nach unten. Finde dort schon die beiden reuigen Paddler über die Liegewiese irren; ratlos : auf dem Taich treiben die Windmühlen ! Gesicht nach oben.« (Also die ‹ Flügel › : sehr int'ressant, daß Der die als ‹ Gesicht › empfunden hatte. Ob man es verantworten kann, und einen solchen ‹ Brocken › als ‹ sensibel › bezeichnen ? Hm.)
» Also Doppelglas her : eins, zwo, drei; vier, fümf, sex. Die Andern wie gelähmt; ich, als Mann der Tat, rein in die Pfütze; und hole sie raus : eins, zwo, drei. Vier, fümf, sex. « Ein beneidenswerter Atemzug dehnte seine kakaonen Rippen. Die Sonne heizte aber auch, daß die Schulterblätter selbst der feuerfestesten Puppen, unten, einmal schauderten.
» Wenn das Einer, schräg von oben, so gesehen hätte : uns Drei in Badehosen; wie wir die Dinger wieder sauber wuschen ! « »Mit was ? !« fragte der Gestreifte begierig; »Mit PRIL,« entgegnete der Bademeister trübe. »Dann ha'm wir sie wieder auf ihre Pfähle genagelt. – Gemerkt hat's der Wirt sicher; gesagt aber kein Wort.« (Desto unheimlicher; zugegeben; das Wasser machte auch gleich Halskrausen um die Enthaupteten unten – richtiger natürlich ‹ Ent-Körperten ›; nur die Köpfe trieben ja senkrecht auf der giftigen, wasser-ähnlichen Flüssigkeit dahin.)

» Und da soll ich jetzt wieder hin müssen ? « fragte der Bademeister den Horizont mit klein-anklächlicher, völlig nichtpassender Stimme.
» Wir besuchen Dich da ma. « versprach Richard ihm; (gab mir jedoch gleichzeitig den Wink zum Abmarsch). » Ach, das wär' wunderbar –« sagte Jener hoffnungsvoll; und auch der Gestreifte nickte einmal, hoheitsvoll, zum Abschied. –
Rechts die Kachelmuster der Planschbecken : Arm- und Bein-Salat in azurener Schüssel; si jeunesse savait. (Oben Himmelsschale mit immer mehr Wolkenklößchen.) Man spritzte einander aus rot-roten Gummischläuchen, nur ripples & nipples. / An der Walküre vorbei : sie hatte jetzt noch mehr an; saß am Tisch jenes älteren Herrn, (Ei, sieh da); aß ebenfalls Eis, löffelte und umsah-sich. / Durchs Drehkreuz, am Schalter vorbei; (sie las immer noch). Im zementenen Durchgang das Plakat : nächste Woche, am soundsovielten, gesperrt wegen Austragung der Vorschlußrunde der Deutschen Wasserball-Meisterschaft ? Und wir nickten uns ehrerbietig-betroffen an : das war schon 1 Ding, dieses Frimmersen hier !) . –
Draußen : der schneeweiße Spitz rannte hinterm Maschendraht, und boll sehr. (Ich schürte ihn aber auch entsprechend an; indem ich, im Bühnenflüsterton, 60 Meter weit hörbar, » Meister Péter : Mei-sterpé-ter ! « deklamierte – er warf gleich den Kopf ekstatisch, die Schwanzfeder wippte; er schimpfte noch, während wir einstiegen.)
‹ Wrumm : Wrumm ! › ; (fast genau unter'm Popo; peinlich.) Langsames Weggleiten. (Und wir sahen uns auch nicht um; der Brief war ja abgegeben.) / (Wieso aber nickte mir der Kopf so kurios ? – Ah : Richard trat wieder, auf dem Gaspedal, ‹ Nun Adé, Du mein lieb Heimatland ›.)

GROSSER KAIN

1

Ella schwärmte immer noch von ‹Schloß Berlepsch›, machte Puppenaugen zum Puppenmäulchen, gedachte ausführlicher der Gartenterrassen, und bewegte auf einmal versonnen den Puppenkopf : » Es ist irr-ratio-nal. « (Ihr Uhrarmband vielringelig wie ein Plattwurm. Ich sah gleich zu Ernst hinüber – ? ; und er bejahte, nur mir erkennbar, daß dies die neueste Redewendung sei. Jenun, wir müssen uns ab & zu Besuch halten, damit wir wissen, wie schön wir's sonst haben; und morgen fahren sie ja wieder weiter.)
Und lässig Aug & Ohr um- beziehungsweise hoch-schweifen lassen . . . . . : / Die stark behaarte Leine mit Handtüchern dran, und gekreuzigten Hemden; (und ganz viele leere Klammern : eigentlich rührend, diese schlichten, jahrelang treuen, Kleinstgeräte; ‹stumm› fiel mir noch ein, ‹gut-hölzern› –, – : na, wollte noch was Feinsinniges kommen ? – Nee; kam nischt mehr.) / Dattern von Gänsen ? – Aha; die Kleine von Brauer's trieb aus. (das heißt, *so* klein war die gar nich mehr –.) / An allen Hauswänden strebten Raupen in die Höhe, zwecks Verpuppens; und ich, sofort zu Ernst gewandt : » Wer hat eigentlich als Erster erkannt, daß 1 Raupe & 1 Schmetterling dasselbe sein könnten ? Buffon ? « . » 'ch weiß nich – « erwiderte er hastig, über seinen Eisenmenger, ‹ENTDECKTES JÜDENTHUM›, die zweite Auflage von 1711, hinweg; » – das heißt : *zur Zeit* nicht. Nachsehen kann man . . . . . immer . . . . . «; (das letzte Wort sehr gemurmelt; Notizenklau war wieder nur halb anwesend.) / Also weiter die Gas-

Pantomime des nahenden Tiefausläufers bekochlöffeln : lange weiße Wolkenbüsche, dilldoldig und schierlingsblütlerisch, Wimpern Fasern Gekämmtes, im Abflug hinten über Steinhorst; von Westen her wollten bereits grauliche Lumpen hasten; (‹ nachmittags drückend › war als Parole ausgegeben worden. Sei's drum.) / Fragen müßte man Ella boshafterweise : wer ihr Berlepsch denn nun gewesen sei; da würde ihr der rote Querschlitz ganz schön offen stehen. (Wie sagt Pythagoras ? : ‹ Keine Kinder mit einem Weibe zeugen, das Gold an sich trägt! ›; und sie hatte mehrere solcher Zähne. (Allerdings hatte Der anscheinend lauter solche Dinger behauptet : ‹ Nicht gegen die Sonne pinkeln ! ›; ‹ Sich vor Allem hüten, was'n schwarzen Schwanz hat ! ›; ‹ Beim Donner die Erde berühren ! ›; undsoweiter : undiskutabler Tinnef, diese ganze Antike !) .) .

Als Tisch-Fuß der Ersatzreifen ! Wahrlich, so ein VW-CAMPER hatte's ‹ in sich ›. / Naja; Ernst verdiente seit ein paar Jahren gut; und der ‹ Lückenbüßer › an 'ner großen Zeitung hat's ja auch nicht leicht – ich hob gleich (gewissermaßen huldigend : ‹ Auf dem Spiritus, Rektor ! ›) den blaßtrüben Becher gegen ihn (bchch : ‹ Grapefruitsaft ›, oh rocks !). Aber dann legte er doch auch wieder die weiche graue Brotscheibe am braunglasigen Rand so griffig vor sich hin; und preßte die Butter so fest in deren Poren, als gehöre sie dazu; strich vom braunen starkduftenden Mus immer dicker drauf – , – (und da wurde mein Blick doch entspannter : Du wirst Dich noch wundern, Freund, wie das abführt. Und schweißtreibt : streiche Du nur.). / Kekse ringsum, ‹ GOLD MARIE › & ‹ PECH MARIE ›, (die letzteren mit Schokolade; deshalb). Zigaretten & Tabak; (‹ Tabaretten & Ziegack ›). Die Kastanie auf Ellas Hand (darüber Ellas wild'undwollige Achselhöhle). : »Wie eine glimmende Kohle.«; (ich meinte

die Kastanie; Paula jedoch, sofort neidisch : » Ihr müßt aber noch mähen, heute. «).
Und weiter frühstücklicher Austausch der Nachrichten des vergangenen Vierteljahrs, wo wir uns nicht gesehen hatten. / Wir von unserem Igelpärchen im Schuppen. – : »He still alive ?«; Ernst, englisch & leise, (wie wenn er fürchte, der Igel könne ihn hören; oder Deutsch verstehen.) / Dann vom ‹ Vogel im Schornstein ›. Erst das, ganz auffällig laute, Gepiepse; stundenlang. Dann die schwierige Lokalisierung : ? – : nur in der Küche gut hörbar; draußen ums Haus überhaupt nicht; (Paula machte das ganz ausgezeichnet, Flatterherz & Rußangst.) Dann hatte er sich endlich durch die geöffnete Klappe heraus getraut : häps-häps – und ‹ burr ! › zum (selbstverständlich vorsorglich offenen) Küchenfenster hinaus, in das ihm zustehende Gemisch aus Blättern & Landluft. (Dann noch, nunmehr ins Bedeutend-Allgemeine übergehend, die später mit dem Schornsteinfeger gepflogenen Gespräche : wie man dort öfters tote Vögel fände, zumal Eulchen merkwürdigerweise. Ernst notierte; Ella bildete das erforderliche gerührte Schnutchen.)
Und vergalten's durch die aufregende Schilderung jener irischen Neumond-Nacht; als durch das, der Schwüle halber offen gelassene, Busserlfenster die Ganovenhand getastet gekommen war : – : erst ihm zweimal auf die Nase. Dann Ella auf die so gut wie entblößte linke. Und sie, die resolute Dirne, hatte sich doch, ohne 1 Wort zu verlieren, aus dem Werkzeugkasten die Kneifzange ertastet – gelauscht – richtig : es nestelte zum vierten Mal. Da hatte sie, mit dem erwähnten Gerät, 1 Finger des Betreffenden gepackt : ! . – Alles ganz still; Niemand nichts gesagt. – Nur von draußen war es wie härtere Atemzüge gekommen. Trampeln. Und ein zuchthäusig Röcheln dann & wann. (Und sie immer gedrückt !

Scharmant. Aber ein Puppengewissen muß man zu dergleichen doch wohl haben. – Immerhin besah ich den raffinierten Wohnwagen mit zugegebenermaßen größerem Int'resse : daß der mit seinen 2 Meter 15 Höhe überhaupt durch unsere Tor-Einfahrt gegangen war ! ?).

2

: » Ach kucktma ! « –

– ? – ! : tatsächlich; ein kleiner Reklame-Zeppelin trieb recht lustig und silberfischmäßig überm fernsten Dunstwaldrand. » ‹ DUJARDIN oder TRUMPF ›, aut-aut ! « (Aber man konnt' es selbst im Doppelglas nicht erkennen. Dafür jedoch Einzelbäume, wie aus Rauch gepustet : mit hutförmigen Köpfen, auch solche wie Sektkelche, Pinsel truppweise; sie standen vermutlich am Grunde des Luftozeans, und schwankten synkron hin & her. Und sehr schlecht konnte das ‹ Zwischentief › nicht werden : sonst wären Die ja nie & nimmer aufgestiegen mit dem Ding.) / Auch der große Fernsehmast, ein dürrer-roter Strich, war gut zu sehen. Ernst wollte's zuerst für'n bloßen unschuldigen Fabrikschornstein halten : ? : »Das höchste Bauwerk Mittel- & West-Europas, Mensch !«; ich, empört. Und er, beeindruckt : »Wo genau ?«. Ich zeigte Allen den Punkt auf der Hundertausender-Karte : »Östlich der Bundesstraße 4; bei Bokel.« / ? / Und, autopedisch flink, das Projekt eines Hin-Fahrens entwickeln. / ? / Bis die Damen genehmigten; und schneller den Tisch abräumten. (Ein Autoreifen als Sockel; wat säi all'ns maket, de Härrn S-tudentn !)
Zwischendurch Ernst & Ich allein; rauchend. / Er hat es tatsächlich *nicht* leicht ! Als ‹ Lückenbüßer › an einer der größten Zeitungen ? Da muß er periodisch versorgen

a) die Spalte ‹Vor fünfzig Jahren› (da springt der ‹Panther› nach Agadir. / ‹Vor zwanzig Jahren› nach Stalingrad. / ‹Vor zehn Jahren›? : Sch-sch-sch schon reingetreten). (Setzt aber umgehend wieder zu neuen Sprüngen an; unbesorgt.)

b) den ‹Briefkasten›; zu 90 % fingiert, zu 10 % wirklich-idiotische Erkundigungen von ‹Lesern›, (übrigens immer dieselben ‹Schichten› : querulantische Rentner, Stammtischbrüder, Primaner, die schon daran verzweifeln, sich jemals anders gedruckt zu sehen) : ‹Warum heißt das Tantal Tantal?› / : ‹Ist es wirksam, gegen diebische Elstern in die Kirschbäume Salzheringe zu hängen?› / : ‹Woher stammt das Wort Mondamin?› (Und die stoisch-irrsinnige Antwort : »E. Kr. in D. – Aus dem Indianischen; ‹Korn des Großen Geistes›, gleich Mais. Ihr Freund hat also seine Wette gewonnen.«).

c) Oder eben auch, durchschnittlich ein halb Dutzend mal am Tage, der Anruf des Chefredaktors : »Schnell 'n Füllsel von 6 Zeilen : flott!« (Daher die vielen erbaulichen Tataren-Enten, à la ‹Kind vom Kamel gebissen›; ‹Holofernes, Erfinder der Moskitonetze›, vgl. Jud. 13,9; ‹Willi Brandt für den Friedens-Nobelpreis vorgeschlagen?›).

Infolgedessen war Ernst dazu verdammt, sich der allerschekkigsten Lektur zu befleißigen; mußte grundsätzlich mit dem Bleistift in der Hand lesen, jegliche Narretei auf einem Zettelchen befestigen, und es dann in die betreffende Vorrats-Mappe schieben. (Die führten seltsame Aufschriften : ‹Gelehrter Wind; a) schmalzig, b) antik, c) leicht anstößig – Cave!› / ‹Adjektive contra Gentiles› – er war nu mal an einem ‹unabhängigen› Blatt, also CDU; (und *wie* war Der

um 1930, als wir zusammen in die Schule gingen, SPD gewesen ! Naja; damals gab's noch SPD.) / Wie gesagt auch ‹5-ZEILER; 6-ZEILER; 7-ZEILER› – ich hatt'ihn einmal in seiner ‹Höhle der Winde› besuchen dürfen : *Nie wieder !*). Alle näheren Bekannten waren von ihm dazu erzogen, gleichfalls Einschlägiges zu sammeln, und ihm, dem stets an Stoffmangel Laborierenden, davon mitzuteilen; also konnte ich seine nächste Frage voraussagen. : »Has'De was ?« (Ich holte schon den Zettel mit meinen Fündlein.)
: » ‹MASAK›, Rückgängigmachung der Beschneidung. « – »Geht das ?« fragte der Lüstling erst erfreut; wiegte dann aber gleich bedenklich das Haupt : » ‹GELEHRTER WIND, leicht anstößig› « hörte ich ihn murmelnd erwägen; » Hm. – Na, gib her. « / » 2 Sorten fremder Geister konnten nach Ansicht der Rabbinen in die Leiber lebendiger Menschen eindringen; entweder die der babylonischen Turmerbauer, oder die von in der Sintflut umgekommenen Bösen. « – »Naja.« / Aber jetzt hatte ich sein steinern' Herz doch endlich gerührt; und es war ja auch was Feines, ‹DER TODESZUG DES AUTOS IM JAHRE 1908› : »Im vergangenen Jahre wurden im gesamten Deutschen Reich 141 Personen durch das Automobil getötet; hiervon 12 Führer, 22 Personen, die in den Wagen fuhren, und 107 dritte Personen. Man ersieht hieraus, daß es weniger gefährlich ist, im Auto zu fahren, als die von Autos bevölkerten Straßen zu passieren.« (41 727 PKW plus LKW im Verkehr damals. Und wir gaben 1 lächelnde Schweigesekunde für die Gutealtezeit zu, als der Großvater die Großmutter überfuhr : 141, tz-tz !).
: »Ist MAGGI am Freitag zulässig ?« – »Bis'Du verrückt ? !« fragte er befremdet. Ich schwieg lediglich erhaben; und da wurde auch er schon ernst, er hatte das Gordische der scheinbar harmlosen Frage erkannt. Und bewegte die Schultern

immer unbehaglicher : » Oh-oh. – Fffff : Mensch, laß die Finger *da*von ! «. Er machte eine Rednerklaue, sah hinein, und bildete die Sentenz – : »Wenn ein Feiger heutzutage seinen Mut beweisen will, dann protestiert er gegen die Atombombe-allgemein. Das ist so schick & gefahrlos, daß De im unverbindlichsten Causeur-Ton fragen kannst : ‹ Ach, sind Sie *auch* so gegen die Bombe ? ›. Aber über ‹ Die Religion › sags'De am besten gar nischt – über's Kristentum, heißt das« präzisierte er. Auch, nun voll mißmutig : »Außerdem gibt's an Unabhängigen Blättern besondere Kapläne für so was : Neenee.« Erhob sich schwerfällig, (fing etwa das Katelbeermus zu wirken an ? Schwerlich schon.); räkelte unschön die Ellenbogen, und wies mit einem Kinn, über dem's gähnte, zur Hausecke hin, um die eben . . . . .

» Kinder, *so* könnt Ihr aber nich gehen – «, Ernst & ich, in besorgtem Kor. »Nehmt Euch wenigst'ns 'n Pullower mit, wir kriegen trübes Wetter.« (Ma ganz abgesehen davon, daß sie wirklich etwas reichlich viel zeigten : wenn Paula sich nachher erkältete, konnte ich wieder Tee kochen.) Sie guckten betroffen nach oben. Dann sich an. Und hatten uns schon durchschaut. Paula erwiderte schlicht: » Ihr müßt dann noch mähen. « –

3

Dieser Ernst fuhr wieder derartig schnell ! – ich hatte das Gefühl, als würde ich telegrafiert. » 95 « ; er, gleichmütig. / Und es saß sich ja putzig in dem Ding : wir Beiden vorn; die Damen lässig & mondän (‹ KORN DES GROSSEN GEISTES ›, müßt' man 'ne Flasche davon mithaben) in dem blechernen Stübchen hinter uns; (auf der Rückfahrt muß ich unbedingt auch ma drin rumschnökern).

: »Links oder rechts jetz? Bundesstraße kommt.« Ich sah zwar noch nichts von derselben; aber diese Autofahrer haben ja ihre geheimen Inzichten, wenn sie sich Kreuzwegen nähern, oder sonstigen Hexentanzplätzen : » Vom GROSSEN KAIN aus nach links. « » Merkwürdiger Name « sagte er abfällig, (und mußte erfreulicherweise beträchtlich langsamer werden). »Es kann schließlich nicht jeder ‹Ernst› heißen.« » Das nicht, « gab er zu; wurde auch heiterer, und machte die Bemerkung, die ich des öfteren an dieser Abzweigung vernahm : »Unweit des Paradieses demnach, wie ? Der Ort, wo jene bekannte Tat geschehen ist.« Und ich, gemessen & spitzig (ebenfalls mehrfach geübt : an sich selbst begeht man kein Plagiat) : » Ganz recht. Wo Chauffeur Kain seinen Fußgänger-Bruder Abel noch heute-ä . . . «, (und, allegorisch, ein paarmal schnell die Hand ‹umlegen›). » Kain war der mit Abstand interessantere Typ. « entschied er unwirsch, (unter hoffentlich bewußter Verwendung einer bundesdeutschen Formel : ‹mit Abstand›; ‹sich bekennen zu›; ‹ein echtes Anliegen›; jaja). Wir rasten (mit langem ‹a›) bereits wieder derart, daß die Blätter am Straßenrand neben uns nur so wakkelten & tunkten ! : »Has'De sonst noch was ? !« erkundigte er sich, nicht ohne Schärfe; auch : »Du müßt'st ma mit unserm Lokalreporter fahren; da würd's'De Dich ganz schön verinnerlichen.« Und nach einer Weile, nun voll verächtlich : »Mensch, seid Ihr zurückgeblieben, hier auf'm Lande !« Und weiter, immer flotter, wir, Nobodaddy's Kinder, mit Geist & Feuerschritten, ‹DER TODESZUG DES AUTOS IM JAHRE 1961› ! – ? : Auch das noch ! Hinter uns hatte Musik begonnen : Schön-Ella erklärte den neuen Portable. (Fehlte bloß noch, daß sie ‹Näher, mein GOtt, zu Dir› gespielt hätten. Damit Ei'm so richtig Titanic-mäßig im Gemüt würde.)

» Und jetzt rechts. « vergewisserte er sich, hinter Spracken-sehl : » Das ist doch übrigens von Robert Kraft, die ‹ ABENTEUER DES DETEKTIVS NOBODY › ? « . Während die letzte Ortschaft, sinnig langsam, zu beiden Seiten dahinströmte. Das letzte Haus : graue Holzschwerter darum gestellt, die Spitzen nach oben. ‹ HEIDEEIS › ! / » I'll beat your barge into a pram ! « kreischte ich ihm ins Judasohr, als er auf dem schmalen leeren Teerband, dem ersichtlich frisch angelegten, schon wieder ‹ Gas › (oder so was) geben wollte : » Wir müssen doch Ausschau halten, wo rechts der Feldweg abgeht ! « . Er murrte gehorchend; (bzw. gehorchte murrend : es muß *zu* schwer sein, so mit 34 PS zu Füßen.) / : »Stop ! Da !«. (Und immer rechts ran an den Rain, mein Sohn ich rate Dir gut.) / Aussteigen. / : »Dreht bitte die Scheiben hoch, ja ? Seid so gut. – Ihr lernt es nie.« (Und wichtigtuerisch ‹ selbst nachsehen ›. Und abschließen.)

4

Den Feldweg hoch : so weit ging der Kopf gar nicht in den Nacken zu legen, wie hier nötig gewesen wäre ! (Da man dabei zwangsläufig das graublau gekräuselte Himmelszelt mit prüfte, auch : » Na ? Könnt Ihr Eure Pullower nicht vertragen ? ! « . Die jedoch ließen, es ist wohl Frauenweis', nur ein einstimmig-verächtliches »Pffff –«; und dann durfte der Windsbräutigam sie ‹ grade ! › einhaken.)
Die Zementblöcke, an denen man die Drahttaue verankert hatte, waren groß, wie in die Erde gesunkene Schuppen. Um jeden herum sein halber Morgen Sandfläche, 2 m hoch umzäunt. » Na, *viel* niedriger ist Deiner ja wohl auch nicht. « (Ernst; es klang ausgesprochen nach Beanstandung.) / Tech-

nische Flachdachhäuschen aus klinkerfarbenen Klinkern; sehr nett und streng, so auf dem sauberen sandbestreuten Boden, hie & da, geschmackvoll sparsam, die mageren Zwillingspärchen von Jungbirken – nur daran, daß es an mancher Wand wie große Blechtornister hing, merkte man, daß was nicht stimmte. Abwehrender Maschendraht natürlich auch hier; (und zwar von der dickst-teuersten Sorte; ich wußte Bescheid; hatte ich doch, Ernst deutete es ja bereits an, jüngst meinen Zaun erneuern müssen.)
Aber der Schlager war & blieb ja immer er, *ER : DER GROSSE MAST ! ! !* –
Ganz unten, der knappe runde Zementsockel : »Kaum 1 Hand hoch raus ? !«. »Du, der wird tief genug gehen,« warnte Ernst aus der Fülle seiner Gazettenkenntnisse : » Bei dem Gewicht, was da drauf ruht, hat der gut & gern seine 20 Meter ! Und Kegelform vermutlich auch noch : unten breiter werdend. « (‹Manchmal auch gestunken habend›; aber daß der Mast-selbst unten so spitz zugehen mußte, wie ein Zimmermannsbleistift, dafür wußte er ausnahmsweise auch keine Erklärung.) / Die 3 sichtbaren babylonischen Turmerbauer was zu fragen war sinnlos : als sie merkten, daß fotografiert wurde, gebärdeten sie sich sofort wie größenwahnsinnig mit ihrem langen Weißblechkanister. (Einer hatte sogar die Stirn, kam ans Gitter, und ‹warnte› : im Augenblick ja keine Aufnahmen machen; es handele sich um allergeheimste Einzelteile ! Mehrere Warzen, gesellig lebend, auf seiner Backe. Und die beiden hasenschartigen Gespenster von Bankerten drüben, trugen den Dreck auch gleich unter so flügelmännischen Gesten von dannen, als seien sie bestallte Priester des TELEVISIUS. – »Der Gannef –« knurrte Ernst wohlgefällig; und klickte & knipste rüstig; er goutierte das, wenn Einer von seinem Beruf was hielt. Ich nicht : wenn ich

schon ‹ *GEHEIM !* › hören muß, da wird mir immer gleich wie unter Hitler-selig : Je bank'rotter der Staat, desto mehr muß ‹ geheim › sein !) .
» Nå – : 2 Meter; 2 Zwanzig – « ; der Durchmesser des Mastes nämlich. (Und sehr hohl mußte er sein : man sah 2 verdammt verließmäßige Türchen darin, oben der Halbrundbogen, dick umnietet, in Drei- und Vierfachreihen. Wie man denn die Nieten überhaupt nicht gespart hatte. Und die dürren, frech-gerenkten Stiegen, die zu jenen Türchen hoch kletterten ! In die feuerrote Röhre : Hinein !) . / Wir sahen einander an, Ernst & ich; (was die Frauen dachten, wußten wir ja nicht; vielleicht an das naja ‹ Pendant › ? – Rothäutig & hohl : ob man nicht richtiger von einer TELEVISIA denken sollte ? Im Innern zweifellos die Wendeltreppe, raffiniert ausgemergelt, zum 350 Meter auf- und abirren, wie bei Piranesi's : Einer der den Schlüssel hatte, konnte bestimmt, vorausgesetzt, es stand ihm das Herz danach, auch auf eine der 4 Rundumkanzeln hinaustreten, (zum Runterspringen war's eh zu hoch), und, muezzinmäßig, ganz ABU LAHAB, ganz ‹ Vater der Lohe ›, das Volk des Bundes aufrufen : ‹ Auf zum Kwiss, oh Ihr Gläubigen; eilt an den Bildschirm ! ›). / DAS ZWEITE PROGRAMM : »Kenns'Du das Triptychon von Eberhard Schlotter ? Mit dem Text von Dr. Mac Intosh ?«.
» Ich kenne dergleichen Namen grundsätzlich nicht. «, versetzte er erst, offiziell-borniert; dann jedoch, inoffiziell leiser : » Klar hab'ich die Mappe.« –
Das Verrückteste war ja immer noch die unzerstörte Landschaft ! (‹ Verrückt › in Verbindung mit dem Monstrum hier.) Wenn man ihm einmal den Rücken kehrte, liefen gleich Sandwege vor Einem weg; so einsam, daß, wenn man einen ‹ beginge ›, man garantiert 3 Tage später noch die eigene Fußspur wiederfände. Lustig-ärmliche Bauernwäldchen zu beiden

Seiten : (die ließen ja nie was hochkommen, die Herren Landwirte; gab es doch auch bei uns im Dorfe noch mehr als genug, die nie 1 Gramm Kohle erstanden – » 'n Fernseher haben se natürlich ! « – vielmehr auf's unpflanzlich-barbarischste den Winter über einen halben Hain durch den rußigen Ofen jagten. »Die andre Hälfte dann im Sommer : Axt & Säge müßte's tatsächlich nur auf ‹ Waffenschein › geben !«.) Felder (wie sagt man bei Binding's ?) ‹ leicht hinauswellend in blaue Ferne ›. (Und, noch blauer, ganz weit hinten, östlich wohl, irgendein ‹ Elm ›.)
: Was schnurrte denn derart impertinent ? ! – Schon drehte Ernst sich strafend wieder zu mir : »Siehs'Du : man darf *doch* mit dem Auto bis ran fahren.« Aber ich, kopfschüttelnd : »Nee, Du. Das's' Einer von ‹ Hinter dem Vorhang ›. Bestimmt 'n Techniker. – Ah : siehs'Du ? ! « . Denn der Betreffende hatte den Schlüssel zu einem der feuerverzinkten Gehege; er fummelte, blickte flüchtig-intensiv herüber; (und schloß dann dekorativ noch längere Zeit : auch Du, mein Freund. Sie waren Alle sichtlich dankbar für uns Abwechslung.) / Und sahen uns doch, abrutschenden Blicks, flink-verworfen an. Und spielten uns näher – ; – . Denn hinter jenem Bevorrechteten war's ausgestiegen, ein schickes Kuriosum, (auch unsre Frauen schlenderten unauffällig herzu) : ein weiß-violetter Burnus, ein dito Schal, (denn hier, auf der nackten Anhöhe, am Fuße des Mastes, zog es im Augenblick wie Hechtsuppe !) . »Odaliske« hörte ich Ernst murmeln : die Haut blaßrötlich & rauh; eine weitriechende Nase; Perlmutterknöpfe, die aus ihren Handgelenken zu wachsen schienen; sie machte die Augen fern & schneeig, und ließ sich begutachten. (Und immer *mehr* Runzeln, je näher man kam ! Auch Ernst zitierte schon enttäuscht : » ‹ Je nun; im Harnisch ist die Puppe schön . › « .) Und dann kam noch der kleine

Junge aus dem Auto geklettert, machte ein paarmal den go-between, und krähte dann : »Du mußt warten, Mutti; Dein Ehemann iss' noch nich so weit.« (»Irrational – « hörte ich Ella kritisch murren.)
Und zurück zum Camperl. / Ella, vom Aufschließen erwachend : »Wie spät, Ernst ?« : »12; genau.« (‹Pan schläft›. Und wir quatschen.) / Und wulstige (anscheinend hohle) Wolken, unter denen wir rasch hindurchfuhren.

5

: » Bei *der Schwüle* ? ! « –
Aber Paula war unerbittlich sanft; Ella leise belustigt; (und sadistisch besehen wurden wir von Beiden, wie wir so, abgestülpten Hemds, mit unwürdig-kleinen Bäuchen und mißmutigen Schafsgesichtern angetreten waren – hilflos, wie einst vor der ‹Musterungskommission› : auf den Tisch hätte Mann hauen müssen !). »Ach komm, Ernst; hatt keen'n Sinn.« Aber wir durften noch längst nicht; erst hielten uns die Zanktippen noch diverse dieser kleinen beliebten Vorträge.
: » Ein *guter* Mäher schafft 2 Morgen am Tage. « (Paula. Da es sich hier nur um einen halben handelte, und wir 2 Mann waren, machte sich die Nutzanwendung von selbst; wir schwiegen verstockt, und popelten lediglich im Nabel.)
: » Und bitte-bitte den lachsfarbenen Dahlien nichts tun ! : Die sind *so* süß. « (Ella : als ob wir das vorgehabt hätten. (Das heißt, wenn Die uns noch *lange* hier zwiebelten ... !). Mal rasch den Spieß umkehren.)
: » Und was gedenkt *Ihr* derweilen zu tun ? ! « . Aber sie waren völlig ironiefest. »Wir ? Legen uns in'n Liegestuhl.« (Ella, unschuldig; so ganz selbstverständlich.) »Wir kochen

Euch ’n Pudding.« Paula; um 1 entscheidende Spur – ich kann auch Bundesdeutsch ! – verständnisvoller.
Endlich allein. / : »’n Pudding ?«. Ernst, genäschig; aber ich bewegte nur wehmütig das Haupt : »Preßrückstände von Fliederbeeren mit Sago zusammengekocht : wird gegessen, aber nicht geschätzt. – Das heißt, der Geschmack ist ja verschieden.« fügte ich hastig hinzu, um seine ohnehin nicht übermäßig scheinende Arbeitslust nicht jetzt schon zu ersticken : »Hol ma die Sense aus’m rechten Schuppen.« (Und Der ging tatsächlich ! – Ich wartete erst noch, bis er halb drinnen war; und rief ihm dann, in einer unangebrachten Anwandlung von Barmherzigkeit, nach : »Stoß aber nicht das Wespennest mit dem Stiel runter ! Erstens legt Paula größten Wert darauf. Und das zweitens weißt Du ja wohl allein.« Er fluchte zwar den Fluch Cromwells; war aber, womit ich gerechnet hatte, doch zu feige, um entschlossen wieder umzudrehen. Und brachte das Wesen denn auch glücklich ans mulmige Tageslicht.)
Nun war er, als Asfaltpflanze, gottlob so morbide, daß das Gerät ihn schwer faszinierte : der Eschenstiel; das Wetzholz (ich befiedelte die mörderisch lange Klinge aber auch *so* verführerisch-geschmeidig, daß er sofort speckbachern aufstrahlte, WIR SENSENMÄNNER !, und atavistisch breitbeinig voranstakte.) / Den Rechen (aus Ellernholz !) ? : »Neenee, Ernst. Das Heu zusammenharken überlaß ma den schönen Schnitterinnen, ‹from August weary›.«; (und es zwizerte gleich schwalbig und bestätigend aus dem Holunder. »Weißt Du, daß Schwalben nie an Bismarckdenkmälern nisten ?«. Er wußte es nicht. »Ihr wißt auch gar wenig südlich der Mainlinie.«)
» Erst rund-herum einen Rand schneiden – «; das machte ich vor, (und er ging vergnügt nebenher : Warte nur, Dein

Stündlein schlägt demnächst !). Ich unterhielt ihn nach Kräften mit Bucolica : »Weißt Du, daß auch Ferkelchen Sonnenbrand kriegen können ? : An die Ohren !« : »Brauch'ich nich zu wissen,« versetzte er abweisend; »wozu hab'm wir 'ne Landwirtschaftsspalte ? Setzt ohnehin genügend Zank wegen ‹ Zuständigkeit › in der Redaktion. – Was bedeuten denn die vielen Holzpflöcke hier im Gelände ?«. »Och. Paula hat wohl was gepflanzt dort –«; ich versuchte meine Stimme so ausdruckslos wie möglich zu halten, (während ich gleichzeitig den Eiertanz um die betreffenden Stellen vollführte; mit gebissensten Lippen, und kochender Brust, aus allen Schweißlöchern wollte's drippen; einmal hieb ich an einen ‹ Schönen Stein ›, daß man es 3 Werst weit hörte : ! (und konnte natürlich anschließend 5 Minuten lang die entstandene Scharte auswetzen.) .)
Sooo. / Stehen & jappen; (und die Hand vor'n Mund, daß die Zunge nicht raushängen kann : wenn ich das noch einmal überlebe, will ich's loben !). Flehend zu Ernst : » Has'Du nich was im Auto ? Du weißt schon : ‹ Es erfrischt den Mund, macht wohlriechenden Atem, und heitert auf › – ? « . Er spitzte vorurteilsfrei die Lippen, und holte was. / Aber : »Auch Du, Ernst ?«. Ja; er auch. / »Hoffentlich sind die Aufnahmen geraten,« sagte er besorgt; »es könnte doch – theoretisch – sein, daß der Mast irgendwie ‹ strahlt ›, eh ?«. Theoretisch ja. Und das Getränk hatte mir doch den Mund dergestalt erfrischt, daß ich herrscherlicher mit der Sense um mich streichen konnte : DER TOD ALS FREUND ! ; (Ernst sprach auch den angemessenen Nachruf über jeden drittenvierten Schwaden.) / Und wieder die Pause nach einem Hin- und Hergang. – » Wieviel derartiger ‹ Kehren › wären erforderlich, sag'sDu ? « . 25. Er wollte ein nachdenkliches Gesicht erzeugen; mußte jedoch nach einer nach Redakteursblut dür-

stenden Regenbremse schlagen (und titschte sich dabei dergestalt die Testikel, daß er, unbeherrscht wie stets, aufbrüllte! »Ist auch 'ne Portion Leben, so'n Insekt« mahnte ich buddhisch-assisisch; aber vergeblich, der dumpfe Schmerz war wohl zu groß gewesen.)
» Neenee, Ernst : mähen kanns'De deswegen. Nur immer hin & her; ‹boustrophedon›, ganz einfach. « / Nun ging *ich* nebenher, nun quatschte *ich* dämlich. / Lachte auch vor Wonne wie ein Frosch, als der Roßkamm – wieso fiel mir grade das pampige Wort ein? – prompt einen halben Dahlienbuschen absäbelte : »Ernst, Du mußt Alles auf *Dich* nehmen! : Du fährst morgen wieder davon; ich muß Katz' aushalten.« Was er einerseits einsah; andererseits freilich, und nicht mit Unrecht, Paula fürchtete. Mit hochschlagender Brust schon nach dem ersten Durchgang. (Als ich sah, wie er heimlich nach den bunten Kopftüchern, drüben auf dem Kartoffelfeld, visierte, holte ich ihm-uns rasch das Doppelglas, um ihn-uns bei Laune zu erhalten.)
Erst das rotierend rodende Riesen-Rad; daneben der Duodez-Kuhfürst : fuchsrotes Gesicht mit weißlichen Borsten; eine Haut, an der sich der Stachel einer Hornisse verbogen hätte; hob auch die Arme in einer, ihm gar nicht zustehenden, priesterlichen Gebärde, (das zweifellos begleitende Röhrenbellenkommandieren hörte man erfreulicherweise nicht bis hierher. Zwerchfelliges Pack. – »Den'n kanns'De erzählen : ‹Mittwochs 'n neuen Bleistift anspitzen brächte Ärger ins Haus› : die sind so dämlich, daß dann, in 300 Jahren, 'n Volkskundler ankommen, und das ehrfürchtig als ‹Weistum› einsammeln kann.« / Und hin. Und her.).
: »Pause!«. Er schrie bereits hemmungslos; richtete sein Hinterteil gen Orient und ließ einer Gasbildung freien Abzug; (das viele Fliederbeermus, gelt?).

: »Wie'n Kriegsgefangenenlager, Mensch !« (Er meinte zwar meinen hübschen neuen Zaun; ich reichte ihm aber, um ihn in Stimmung zu erhalten, erst die Flasche. Dann das Glas; (und er richtete es auch gleich wüst auf die 6 Kartoffelroderinnen in den Furchen, Nudipedalia mit Melkerinnenarmen). / » ‹ Hat keyne Larven für, ist schwartzbraun von der Sonnen. › ? « Er nickte Einverständnis, und nivellierte tiefsinnig weiter in die farbig bespannten Gesäße. / »Du, die führen vielleicht manchmal Gespräche mit'nander ! Ich hab ein Mal, hinter einem Busch verborgen, 5 Minuten lang zugehört – : Militär is'n Nonnenkloster dagegen ! « . (Hier erhob sich, als hätte sie uns verstanden, eine junge bräunliche Gazelle aus den fruchtbaren hiesigen Ebenen; entpuppte sich als, höchstens 14-jähriger frecher Balg, der herübersah – und sich sofort, entschlossen, den Rock noch höher zog, geplagt vom eigenen Geschlecht. Je mehr Ernst hingaffte; (‹ durch Verführtsein von dem Zeitgeist waldursprünglich Sansculotte ›); »Wie wär's, Ernst ? : ‹ TO THE WOODS, TO THE WOODS › !«. Ihm fiel natürlich gleich morbid-briefkastiges ein : » Die Französische Republik erließ am 20. 9. 1792 ein Gesetz, nach dem jeder Junge von 15, jedes Mädel von 13, zur Ehe befähigt ist. « ‹ Befähigt › schon. Ich jedoch, altersweise, (da er gar so flüsterte) : »Komm lieber hin & her.«). / Dann konnte ich aber doch auch dem Einfall nicht länger widerstehen. – »Wollen wir heute Nacht tauschen, Ernst ? : Ihr schlaft bei uns im Haus; wir im Busserl ? !« (Und er würdigte's nickend; und kannte die Schwächen des ‹ Fleisches ›. Gedachte auch der Wonnen der Abwechslung; und bejahte endgültig-gültig : »Abgemacht.«) –
» Komm, aushalten : sexmal noch hin und her ! « . / Da Helios uns bereits die Hinterräder wies. Die Kartoffelmädchen, total verstaubten Chassis, heimstapften. Und Ernst lauter Däm-

merungs-Lesefrüchte einzufallen anfingen : »‹ AVALON › : ein ewiger Sonnenuntergang hinter blühenden Apfelbäumen. Inmitten einer Wiese dort, IDISTAVISO, der ‹ Springbrunnen des Vergessens ›. ‹ Heldengeister › lümmeln, glasgeblasen-leer, dort im englischen Raygras.« – : » Schön wär's – «; ich, keuchend kreuzlahm schweißüberflossen gebückt staräugig betäubt halbkreisförmig sektorensichelnd autochthon .....

..... und zuckte hoch ! So weibern kreischte's hinter mir : » Vorsicht-doch ! Der Schlehdorn-Carl ! !« – / Und das mörderische Gerät zurückreißen : ! : ! ! . / Und erst ma dumm hin gaffen; wo's dunkelrot aus den Zehenspitzen des rechten Fußes lief. : alle Fümmwe sauber angeschlitzt ! (Und dann erst kam ein feiner, sehr skalpierender Schmerz. Die Neilonn-Socke war auch im – ä-futsch.). / Eine Meinungsumfrage ergab folgendes. – ELLA : » – perdü. – : Irrational ! – « . PAULA : »Siehs'Du; 1 Zweigel iss ab ! – Ich tu Dir SAGROTAN ins Wasser.«. ERNST : »Der Rumpf eines Geköpften erbricht sich zuweilen noch.« – (Ich wollte erst was sagen. Stellte mir dann aber den betreffenden Sprudel von Blut & Kotze aus dem Enthaupteten vor. – Und, dekorativ von dannen hinkend, ab; ins Badezimmer.)

6

(Gewiß, es sah doll aus, die hellrote Badezimmer-Linie, die die 5 Zehen nunmehr vorne verband. (Und noch längere Zeit verbinden würde !) . Und der LYSOL-Ersatz biß : na, da beiß doch ! / Aber es hatte ja auch seine guten Seiten : zu Ende mähen mußte Ernst. Ich gepflegt-geschont-bemitleidet. (Und das unvermeidliche Ringel-Werfen und Federball-Spielen abends, würde mir für die nächsten 14 Tage auch er-

spart bleiben – ich klebte das HANSAPLAST, grimmig-erfreut, dicker. (Obwohl mir natürlich auch ‹Blutvergiftung› einfiel, Potz Amputation & Rente ! – Och : wär' gar nich schlecht, wenn man den Scheiß-Beruf an'n Nagel hängen könnte !) – Gar-kleb. Nicht-kleb. Schlecht-kleb !). –
Und ‹leidend› im Liegestuhl ruhen. (Während die andern Drei, im Trigon, hüpften & federballten – Ernst mit so muskelkatriger Ungrazie, daß mir die Augen vor kraller Bosheit hätten hervortreten mögen : serves him right !). / Dann – wie bei zunehmender Hochdrucklage wohl unvermeidlich – trat noch das große Rad der Sterne hervor, (‹MISTER ORRERY›; Leiter des hiesigen Planetensystems – unwillkürlich fiel mir der Fernsehmast wieder ein: ob da Zusammenhänge bestehen ? / Und Die-da hupften & sprangen. Auf einer frisch-gemähten Wiese, ‹über die eben der kühle Abend lief›, und dalberten miteinander.)
Versammelten sich, tiefdurchatmend, um den Liegestuhl des bedeutend-Kranken (und es duftete heimlich, Gemisch-panaromatisch, nach Frauenschweiß & beginnendem Heu : hügelhand, talein, bauchnieder, ein krauser Steig zum Schweifen : schön.) / Und fernes Grollen ? – Ich auskunftete ungehalten : »Strauß & einige seiner Zeitgenossen. Die Artillerieschießplätze Munsterlager und Unterlüß.« (Und hörte Ernst vor sich hin probieren : »‹Sie irren sich. ‹CANONICUS› entspricht mit nichten dem einstigen Obergefreiten der Schweren Artillerie; sondern ist überhaupt kein Dienstgrad der neuen Deutschen Bundeswehr.›« – Idiotisch; & lukrativ : unser-Aller Signalement !). –
Und bot den drei Jungen – ich war schließlich & leider-leider der Älteste ! – das Doppelglas : ! / : »Das könnt Ihr jeden Abend hier sehen.« – : »Nicht'och : über der Pferdeweide drüben ! – Kinder, visiert ma etwas.« – Und da er-

blickten sie es denn endlich auch : die 2 roten Lichter übereinander; fern in Ost-Nord-Ost. / – : ?. – : ! : »Der Fernsehmast natürlich ! Von heute Vormittag. – . – Wegen Flugzeugen wohl.« (Und sie spähten, 3 Junge, erinnerungsergriffen, mnemotechnischer in die alrunische Dämmerung.) –
Rasch noch jenen ‹ Pudding › essen. / Ernst & Ich gaben einander mehrfach verstohlene Tausch-Zeichen : ! . (Anscheinend hatte Jeder ‹ SEINE › in 1 verstohlenen Minute bereits informiert – sie waren seltsam widerstandslos, ‹ puddingen › eben.) / Die ergo ins Haus. / Und wir in den Fau-Weh-Kämper : gleich bewegte sich der Vorhang grüßend-untertänig; (als wir die Tür öffneten. – Oder war's nur die Zugluft ? ›). / » Hör ma. – Kuck ma. – « Paula befühlte gierig die ausgebreiteten Lederlaken; und überhaupt ALLES ! (Lag auch die Zange bereit ?). / (Lauter grünes Gras mit Klee sah man, wenn man die Augen zumachte – : – –).

7

Weißer Nebelbogen überspannt. Den Arsch im Bette. (Verdammt schmal dieses, als besonders ‹ geräumig › angepriesene Gestell hier ! Paula freilich war's egal; die bereitete sich sofort danach ein weiches Lager aus mir, und schlief ein.)
Das KÄUZCHEN DAS ALL'ABEND KAM flog auch um die Blechschmiede hier, mit dünnem ‹ Juhu ! ›; (und ‹ Hoho ! › und ‹ Bassa Manelka ! › und ‹ Sieht er wohl, Herr Wirt ? ! › und ‹ Adjes ! › und ‹ Auf Widersehn, Herr Wirt ! ›). Und im Haus die Beiden benützten Klo & Badezimmer ärger als der Verlorene Sohn; (und ab & zu sagte 1 Stimmchen süß & sachlich auf »Es ist irrational«. – ‹ Sie sahen von weiten, den Großherzog reiten ›; ich mußte ein bißchen feixen; und als

davon meine Rippen schnepperten, murrte Paula im Traum, (die Frau vom Eisenbahner-nebenan, die immer zu gut bohnert, ist gestern selber ma ausgerutscht; und hat sich am Fußende des Ehebettes 2 Rippen eingedrückt! : gleich schnepperten meine wieder; und Paula murrte länger (endlos fern das klagende Drachengejohle eines Güterzuges : rothäutig, lang & steif, der Mast-heute : Drahtseile, die sich, käfigförmig, von oben her über Einen spannen, (ein ehemaliger ‹Gesinnungsgenosse›, jetzt ‹Ernst› genannt, wollte mich durchaus vor ‹Verfolgern› verstecken! (und Zeichen der Gefahr waren ja unleugbar vorhanden: richtete nicht 1 Warzengesicht etwas herüber?! Schlich es nicht weiß & total verschleierkauzt um-mich-rumm? (ich schrieb erst noch hastig meinen Namen in den Schnee daneben : daß wenigstens Etwas von mir auf Erden zurückbliebe! (Dann stieß Ernst mich aber schon vor sich her in die heimtückisch-niedrige Tür, (die sofort noch enger wurde! Packte mich nicht schon Einer von der Koalition am Fuß?! : ‹MIR IST, ALS OB ETWAS DEN FUSS MIR VERSEHRTE!!› : ROLAND DÄUBLER! (aber Ernst schlug sie schollernd hinter mir zu. Der dachte nicht daran, & folgte mir! Und ich begann, mühsam, das Wendelgespinst der Hohltreppe hinauf zu klimmen, (und die Drahtfalle wurde immer blecherner & enger – keine Luft – : ‹*JUGURTHA : JUGURTHA!!*« . . . . .))))))) . –

8

(Am nächsten Morgen mußte ich Paula als Allererstes den gedruckten Nachweis bringen, daß es sich um *keinen Frauennamen* handele. / Ernst, hämisch : »Altmodisches Nervenbündel! – Aus Dir wird nie'n richtiger Autoreisender.« Ella, neckisch : »Tschü-üs ! «. / Ich wollte erst aufbegehren : ICH ? : altmodisch ? ! – Sparte mir dann aber doch lieber die Nervenkraft; möglich ist schließlich Alles !) .

SCHWÄNZE

Zugegeben, es war etwas beengt : wenn man in den Schrank wollte, mußte man erst die Schlafcouch beiseite rücken, (und dann wiederum ging das Fenster nicht mehr auf; je nun, das ergab genau die kleinen Spannungen, die man als Künstler benötigt; wir waren ja schließlich keine Erz-Seifenfabrikanten, die nur noch inmitten elektrischer Ottomanen und laufender Diktiergeräte existieren können.) Und von außen sah das Fertighäuschen doch teufelsmäßig respektabel aus; umgeben von seinen 2585 Quadratmetern – das war der Schlager damals gewesen, und ganz merkwürdig klug von Caspar, wie der dem doowen Erben des reichen Bauern die große Familiengruft suggeriert hatte; und, was mehr ist, auch ausgeführt : Honorar eben dieses unser Grundstück. (Der Betreffende war zwar daraufhin von den wütenden Angehörigen prompt entmündigt worden; aber speziell in unserm Fall war nichts »zu machen« gewesen; da es sich, nach Ansicht des, wie üblich weltfremden, Richters um einen »Akt kindlicher Pietät und sippenhafter Gesinnung, wie sie unser Landvolk erfreulicherweise noch auszeichnet« gehandelt hatte – die Siegrunen & Sonnenräder waren von Caspar aber auch nicht gespart worden!). Jedenfalls konnte Einem zuweilen, wenn man so stand & sich umsah, (und des Amortisierens mal nicht gedachte), doch unversehens verdammt polykratesmäßig zumute werden.

»Asyl« ? Hm, gewiß; wir waren sämtlich dichte-derbe an den Sechzig; und ich persönlich merkte seit langem schon,

wie mir, im eigentlichsten Sinne des Wortes, »Hören & Sehen zu vergehen« anfing, (den beiden Andern garantiert ebenso! Aber die sagten's nicht; sie waren nicht ehrlich genug.) / »Essen«? Na, beim benachbarten Bauern natürlich. Dem war's egal, ob da für 15 oder 18 gekocht wurde; wir zahlten Jeder unsre 100 Mark pro Monat, (und die wunderten sich noch ehrerbietig, wie wir »soviel Geld« hätten; die liebe Unschuld.) / Zweimal in der Woche kam die Reinmachefrau; (wodurch gleichzeitig das Kapitel »Liebe« erledigt war; die reichte massenhaft für uns Drei; im Alter handelt sich's sowieso nur noch um eine Art pornografischen Lachkabinetts. Der Schlimmste war, wie immer so auch hier, Caspar; ein gröblich sensueller Bursche, mit ebenso starken wie ungeläuterten Trieben. Achja.)
Am Tor also das wuchtige Schild:

CASPAR SCHMEDES, Bildhauer
JAKOB MOHR, Komponist
J. B. LINDEMANN

Dies letztere ich; ich hatte das nicht nötig. Ich meine, Jott Bee Lindemann war schließlich in den Redaktionen der Provinzzeitungen ein Begriff; die brachten gern jeden Monat einmal einen meiner Menagerie-Artikel: von Dichtern, die sich ungern wuschen; Dichter beim Bauern; Dichter und Geräuschempfindlichkeit; »Dichter fälschen Geschichte«; »Manuskriptverlust durch Brand«. (Freilich, 7 Mark 50 pro Artikel ist nicht überwältigend; aber wenn das Stück dann im Laufe der Jahre 20 Mal gedruckt wurde, kommen eben auch 150 zusammen. Wovon allerdings 4 Mark Porto abgehen; Unkosten für Papier; das immer wieder Neu-Abschreiben darf man nicht rechnen. – An die großen Blätter kommt man

nich ran; deren Aufgabe ist es ja anscheinend, die »Experimentellen« zu finanzieren.)
Immerhin hatte *ich* noch den großen Vorzug, daß ich keinerlei »Aufwand« zu treiben brauchte; bei mir kam & ging Alles durch die Post, God bless her. Wogegen Jakob, der Arme, dessen einzige Revenüen nunmehr darin bestanden, Klavierunterricht und solchen auf der Geige zu erteilen, ständig an seinen schwarzen Anzügen herumzubürsten hatte – das Radfahren auf den staubigen Landstraßen und Bauernwegen griff ihn allmählich auch über Gebühr an. Das einzige, was ihn aufrecht hielt und gleichsam entschädigte, war, daß er behaupten konnte, er hielte die Verbindung mit der Umgebung aufrecht, und unsern guten Ruf in derselben. Und wenn er so die Büchsen mit Bauernleberwurst als Honorar anbrachte, die ‹Topfsülzen› und »Nagelholz«-Pfunde, dann war das ja ein unverächtlicher Beitrag zu unseren frugalen Abendbroten. (Frühstück kannten wir seit 20 Jahren nicht mehr; nicht etwa nur, weil es so billiger und bequemer war; aber als geistig Arbeitender wird man von einer dicken Frühstückung ja dumm, und mir war zu guter Stunde das schlechthin unwiderstehliche Schlagwort eingefallen, wie das »Morgenfasten der Gelehrten« etwas ganz verehrt-geläufiges sei : ergo.)
Das mit Abstand meiste Geld verdiente ja Caspar – der hatte seit diesen 2 Jahren einen Schnitt gemacht! Aufträge wie neulich den großen Satz Keksformen für Konditor Greinert, nach denen er sich früher, in der schlechten Zeit, die Finger geleckt hätte, behandelte er schon ganz en bagatelle; was hatten wir ihm nicht zusetzen müssen, daß er ihn überhaupt in Erwägung zog : 's ist doch nun mal 1 Zweig der Ornamentik ! (Den Ausschlag hatte schließlich gegeben, daß ich Giambattista Vico zitieren konnte : »Heraldik die Sprache

der Heroenzeit!«. Sind wir doch umgeben von Reklameschildern mit Wappen & Devisen, »Haus Neuerburg«, »Sprengel«, »Second to none«, »Mach mal Pause!«. Er hatte es dann doch, obzwar murrend, übernommen – gegen richtige solide Gründe sind die Kerls ja wehrlos – aber erst hatte ich ihm die Stelle noch gedruckt zeigen müssen; Caspar mit seinen 2 Metern ist sehr für »Heroen«.)

Im großen & ganzen krabbelten wir also, im Verhältnis zu so manch Anderen, immer noch behaglich durch die gelatinenen Flachmeere unserer Zeiten. Wenn Caspar mit seinem Motorrad in die Kreisstadt fuhr, brachte er getreulich mit, was wir ihm an Wünschen aufgegeben hatten: Senf & Einlegesohlen; Gips für sich; für Jakob einen neuen Taschenkamm; mir ein braunes Farbband, (und, aus der Stadtbibliothek, das, mit dem »auswärtigen Leihverkehr« eingegangene verschollene, und folglich ungestraft bestehlbare, alte Buch.)

Abends sitzen wir dann auf der Veranda. Er schildert das aufgeregte Treiben in der Stadt: die Häuser aus hellgrauem Zement und schwarzem Glas; die Backfische, in dem entzückenden Alter, wo die Zunge noch der einzige Lippenstift ist; (gleich kommt ein Windstoß und dreht der alten Weide sämtliche Blätter um). Jakob steuert Familienanekdoten aus der Umgebung bei, meist von reichen Gutsbesitzern; (im Holzstall schnarcht & kegelt unser Igelpärchen, dem wir einen Blumentopf-Untersetzer mit den Abfällen hinstellen.) Ich referiere dann wohl über WITTGENSTEIN: »Das abstoßendste an den PHILOSOPHISCHEN UNTERSUCHUNGEN ist das unablässig-freche ‹Du› der Anrede«; und wir nicken alle Drei: das darf man mit uns nicht machen! Bauer Lüders fährt mit einem Augiasfuder Mist vorbei, und grüßt freundlich: »Schöne reine Luft heute.«, (und das ist, obwohl man

vor Gestank kaum Odem kriegt, keine Ironie; den Herren Landwirten ist ihre Nase völlig entbehrlich. Vielleicht sogar hinderlich.)
Und die Buddel, Sieben-Zehntel für 6,50 höchstens 7,75, kreist. –

*

Bis dann eben, so nach 3, 4, neuerdings auch 6 Monaten, diese bewußten Tage kommen.
(Ein »Gesetz« hab'ich noch nicht erkannt. Ob's irgend ein »biologischer Rhythmus« sein mag, (womit wir aber nicht mehr viel zu schaffen haben; ich sagte's bereits); oder ob es mit dem Wetter zusammenhängt? Vielleicht ist der Mond schuld; so ein 14tägiges Dauer-Hoch, wo der Himmel klar bleibt, und man den spindelförmigen Unbestand immerfort genau verfolgen kann, bald Dolchstern bald Aschenkugel; man-selbst sitzt auf einem Stuhl mit geschientem Bein, vor der Brust tarantellt die Schreibmaschine; unwillkürlich macht man Notizen über die »Stimmen der Tür« : die kann flüstern und knarren, grollen und knallen, zischen (zumal im Winter, die Haustür, wenn sie draußen-davorgewehten Schnee wegschiebt, beim Ersten, der öffnet), ratschen kann sie; und, wenn Caspar schlechte Laune hat, donnern, er soll sich ma etwas beherrschen lernen!)
Und sofort merkt man's an den beiden Andern auch : die Blicke werden finsterer; die Gebärden abgehackter, verwilderter (Caspar ist imstande, und verbeugt, beim Grüßen der Nachbarin, dem jungen Mirabellenbäumchen den untersten Ast ab!). Die Ausdrücke werden drohender: »Wir-Künstler können, jeder Einzelne, mühelos das sogenannte Vaterland entbehren; nicht aber das Vaterland Uns : seht, wie schnell

es, wenn wir, *trotz ihm*, groß geworden sind, Uns dann vereinnahmen will!«. Jakob hört man in seinem Zimmer stehen und seinen Namen murmeln, immer wieder; falls er heraus kommt, geht er schief und wütend an uns vorbei; und wenn er dann vermittelst der Leiter, die sonst immer der Schornsteinfeger benützt, auf den obersten Boden steigt, in den schrägen Dreiecksraum, in dem man praktisch nur kriechen kann – also dann wissen wir ja Bescheid. (10 Minuten später sitzt er hinter dem größten Stachelbeerbusch, mit einem verstaubten unförmigen Riesenband; und was auf dessen Deckel steht, weiß ich – speziell ich! – ohne hin zu sehen:

DAS WALDRÖSCHEN, oder die Verfolgung rund um die Erde. / Opera seria in 5 Akten.

Und ich, der ich ihm einst, vor nunmehr 30 Jahren, das Libretto schrieb, kann auf die gleiche Distanz in Metern angeben, ob er bei der großen Skalp-Arie Doktor Sternau's ist; oder dem Terzett der über den Alligatoren-Teichen Zappelnden – the fog follow you all!).

Und wenn man am Schuppen, mit dem Dach aus Glasschindeln, dem »Atelier«, vorbei geht, steht drinnen der fette Gargantua an der Hobelbank, die Handflächen aufgestützt, vor sich ausgebreitet eine Mandel Handzeichnungen & Entwürfe – alle zum RIO JUAREZ, dem Sinnbild Mexikos, wo er in seiner Jugend mal 8 Monde lang weilte; und, sehr richtig, in der ersten überschäumenden Gesamt-Erinnerung den Plan entwarf, die antike Gruppe des NIL entscheidend zu schlagen, indem er jenen exotischen Gegenden »ihr Symbol« liefern wollte: BENITO JUAREZ, (»Portrait; der größte Indianer, den die Rasse hervorgebracht hat« kam an dieser Stelle unweigerlich), nackt gelagert; den angewinkelten Kopf an einen schwellenden Berg gelehnt, von der Gestalt einer

Frauenbrust, darauf eine Art Gesicht angedeutet; das straffe Haar wasserflüssig-glatt; in der lässigen Rechten ein Macquahuitl, das alte aztekische Sägeschwert; über die geöffneten Finger der Linken üben zentaurische Indianer Reiterkünste; neben einem Teocalli, (einer Stufenpyramide; aber das weiß ja seit CERAM jedes Kind); in seinem Schamhaar mähen fleißige Schnitter; darumherum ringelreihen Frauen in Fruchtbarkeitstänzen; seine rechte Ferse zertritt gleichmütig einen maschinen-bewehrten Weißen, während ein anderer ihm den großen Zehennagel zu polieren sucht. (Alles aus Buntsandstein übrigens gedacht; Caspar arbeitete, wenn irgend möglich, in Naturgestein; er hatte die Muskeln dazu – und wir den Krach, für den Jakobs Klavier auch hingereicht hätte. Na, vielleicht freu' ich mich ja noch mal, und sehr fern schien der Zeitpunkt nicht mehr, über jeden Laut, den ich überhaupt noch höre.)
Dabei – : *Was soll denn das Alles ? !*
Ich meine, man ist schließlich auch kein Gimpel ! Man hat auch seinerzeit an Teichen gestanden, und losgelegt :

»Narfen merren / Klöder drahlen, Flappe zullen / schwiedeln klinnen gullen flangen / Zasel tufen Mocke dusen / Wäppel elsen plinten lieschen . . .«

also *mir* soll Keiner von »Avantgarde« vorprahlen, und wenn er *so* lange Haare dran hat ! Oder wenn ich an meine komische Epopöe denke, »DER DAMMRISS, oder die Pfarrerstochter zu Weidau«, (achja, meinethalben SCHÖN-SUSCHEN plus PRÄTZEL, ich gebe ja alles zu; dennoch würd'ich's nicht für einen ganzen Wald voller Eichkatzen missen mögen ! – »Otto Wegerich« übrigens damals mein Pseudonym. Naja. Jetzt machte ich moquante Glossen über Dichter, die in ihren

historischen Romanen den Mond hatten scheinen lassen, wenn er weder im Kalender noch am Himmel stand.)
Dann sitzen wir natürlich, nach dem schnöden Mittagsfraß – irgendsoeine Kaldaunerei – ziemlich gefährlich auf der Veranda-umeinanda. (Ach, was heißt »gefährlich«; man sollte noch viel nüchterner sein!). Helle Trübe. Hitze. Zähnegefletsche und dünne Bäumchen (dicke erleben wir nicht mehr; Freund Hain kann ja jeglichen Augenblick Einen von uns vereinnahmen.)
Scheußlich, dieses so-Sitzen! Weißlockige Wolken in brüllender Bläue. Diverse Laubwände, aus vielerlei Grünen geflickt. (Ledernes Schraffiertes Zugespitztes Einzelnesschongelb? Wenn man einem Mädchen proponierte, mit ihr mal PÄPSTIN JOHANNA zu spielen, würde sie sich vermutlich maßlos aufregen; dabei ist »Pope Joan« was ganz Ziviles.)
Jedenfalls muß man an solchen Tagen mit uns Kahlmündern einigermaßen vorsichtig sein. Jakob kann ausgesprochen »generalbassen« werden, (was ihm gar nicht steht; nicht mal zu-steht; HÄNDEL freilich konnte eine Sängerin mit steifem Arm zum Fenster hinaus halten.) Ich träume von einer »Royal Electric«, die rund 16 Hundert kostet: man könnte dann derart flink schreiben, »aber das Tanzen geht so schnell durch den Wald«, und vielleicht doch noch einmal den SATASPES (Herodot, iv, 43) erledigen – ich kann über dem typewriter-Prospekt sitzen, und dösen, stundenlang ...
Man redet uns jedenfalls in jenen Tagen besser nicht an, (Und am Tage darauf noch viel weniger!).

*

An eben solch einem »Tage darauf« war es, daß Jakob zu schräger Stunde heimkam. Ich vernahm das beinerne Ge-

schepper; freute mich des Vernehmens; und verwünschte dann den unzeitigen Bicycleten, (es konnte ja nur Unangenehmes sein; »besondere Vorkommnisse« sind in unserm Alter ein andrer Ausdruck für Todesstreiche); und ging öffnen, immer quer durch die wahnwitzige Mittagsglut. Am »Atelier« vorbei – : Der meißelte drinnen wie ein Verrückter ! Bei der Hitze; der Kerl war tatsächlich unanständig gesund; (und senkte den Kopf doch wieder tiefer : es war halt der »Tag darauf«; stör'n wir'n am besten nich.)
Und auch Jakob schwenkte die tuchenen Arme wie der Verrückte, der er zur Zeit war : »Schneller schneller ! «. »Geh vom Stacheldraht zurück« erwiderte ich stumpf; (und wir unterhielten uns noch eine Minute auf solcher Basis, bis ich das Vorhängeschloß ab hatte.) : »Was's'nn los ?«
: »Sie kommt ! Sie kommt ! Sie kann jeden Augenblick hier sein ! «
Und allmählich kriegte er's raus aus der pfeifenden Greisenbrust (Der war tatsächlich weit weiter »hin« als ich; einerseits bedauerlich, andrerseits sollte man vielleicht doch noch nicht ganz so resigniert sein ?) : das Fräulein von Kriegk, die reichste Erbin im Dorf – was heißt hier »Erbin« ? Besitzerin war sie seit 2 Jahren, und elternlose Waise. Ach was »Waise« : ein 24jähriges Frauenzimmer, »selbständig«, »studiert«, »Fräulein Doktor«, »Germanistin«; (und folglich zur Zeit Lokalreporterin am Kreisblatt) – Fräulein Brigitta von Kriegk also hatte längst schon, (via Jakob, der mit ihr »Kompositionslehre« trieb), ankündigen lassen, daß sie uns Drei früher oder später zu interviewen, und anschließend, nach der Melodie »Klein-Worpswede«, den entsprechend-sinnigen Bericht abzufassen gedächte. (Ablehnung unmöglich; sie war die Einzige, die zugleich in Baar & Schinken zahlte.)
Mir fiel das Innere unseres Heimes ein. Dann das unserer

Seelen. – »In 'ner Viertelstunde wollt' sie mit'm Auto nachkomm', sag's Du ?« – und schon hasteten wir stöckelbeinig hinein; (»Tor offen lassen, Mensch ! Wie sieht'nn das sonst aus ! «) ; vorbei am Schuppen, wo die Rüstkammer sämtlicher Gewitter dieses Jahres zu sein schien – ?. »Ach, laß'n. Stör'n nich. Du weißt, wie er an solchen Tagen ist.« (heuchlerisch. Einerseits unfair; andererseits konnten wir uns das ausschlaggebende make up anlegen.)
Dekorieren : die dreck'jen Teller in'n Schrank. Die dito Wäsche in die Bank-Truhen; (hätten Caspar doch informieren sollen; alleine schafften wir das ja gar nicht mehr !) . Wir gaben's auch sehr bald auf; und verschwanden lieber Jeglicher in seinem Zimmer.
Die modernen Sandalen anlegen ? (Dabei waren die steifen Holzsohlen eine Folter für ältere Menschenfüße; aber modern wirkte's natürlich; »aufgeschlossen«; wir durften ja keinesfalls den Anschluß verloren . . . laudator temporis acti . . .) / Nochmal rasch nachrasieren; (elektrisch; Caspar hatte dem Fabrikanten ein »Wappen« an die Einfahrt zur Villa liefern müssen : eine Saftschleuder und ein Blitz gekreuzt; das Motto CAVENDO TUTUS, »Secure in caution«, von mir gegeben. Der Mann hatte, wie die meisten seines Gelichters, nur »in Ware« gezahlt; naja, er hätte inzwischen schließlich auch pleite machen können.) / Im Zettelkasten, fliegenden Gefingers, unter »SENTENZEN« nachsehen – 3 Stück, vorübergehend auswendig gelernt und impressiv »abgebrannt«, würden ja wohl genügen. Aber welche? (Germanistin 24 einfluß- und auch sonst reich . . . das hier eventuell. Oder war das zu »frei« ? Ich kannte sie ja lediglich aus Jakobs verwaschenen Nicht-Berichten; der Bursche war einfach nicht fähig, den kleinsten Tatbestand objektiv zu schildern; sein Zeugnis war völlig irrelevant !) . / Falls sie nach »Ver-

öffentlichungen in Buchform« fragen sollte – und sie tat es bestimmt; sie *mußte* es tun – dann wurde es unangenehm. Erhabenes Lächeln verfing dann nicht; dann mußte die eine englische Kriminalschwarte ran, die ich zu Olims Zeiten mal übersetzt hatte; und der HADSCHI BABA des James Morier; der einzige Leinenband, den ich vorzuzeigen hatte. (Ob ich das Manuskript des DAMMRISSES vor mich hin drapiere ? Da lag's noch, von gestern, vom »Tage« her. Wie wenn ich's just »unter der Feder« hätte ?). / »Rundfunksendungen« konnte man, geheimnisvoll, erwähnen; das war unüberprüfbar. Schon hob ich leicht die Aderhand, und äußerte erhabenleichthin zur Wand : »Sie (= eine Reportage) dient doch immer zur Sichtbarmachung des schöpferischen Vorgangs, zur Unterrichtung über unsere buch-stabile Existenz ...« (bitterer werden) : »inmitten des Volkes des ‹dicht er› & ‹denk er› ! –«
: ? ... : »Tut. – Tut-Tut-Tut !«
(Und mir wurde doch ziemlich übel : Jakob hatte ja bestimmt das gleiche Theater mit sich aufgeführt. Der sogar bestimmt vor'm Rasierspiegel; Opernheld eben. – Und beneidenswerter Caspar !)
: »Tuuut !« – direkt drohend, wie ?

*

Und auf der Veranda sitzen. Und Stille (Sie war also, gottlob, auch ein bißchen verlegen.) / Diese Gluuut ! Im Holunder schrie auch gleich wieder der Vogel, wie eine Fahrradklingel älteren Stils; wie er heißt, weiß ich nich. Unter einem Heufuder arbeiteten sich 4 hagere Räder durch Staubkräusel hindurch.
(Und was'n Kind, Die-hier ! Fast 2 Meter groß. Dürr; aber

schön-dürr. Apart. Die Riesenschuhe noch hoch mit Holz & Kork besohlt. Ganz glatter sandiger Bubikopf; der Wind hob ihr jedes Haar einzeln an. (Augendotter & Nüsternhaare). / Sie hatte gleich Block & Bleistift aus ihrem Ledertäschchen gezogen, und vor sich hin gelegt. Daneben die Uhr : aber was für'ne Uhr ! Hinten & vorne aus Glas, (man sah's drinnen hantieren und »unruhen«; mich würde der Besitz eines solchen Dinges nervös machen); das Ganze in einer Art Miniatur-Autoreifen, der leicht überstand, so daß sie absolut fallsicher war; naja, Die haben's dazu. Aber der Aufbau einer solchen »Schutzwehr« war ja auch 1 Zeichlein der Unsicherheit; das genügte einem alten Psychologen wie mir.)
»Ja. Leider noch ein ‹Monte Testaccio›.« (Der DAMMRISS; sie hatte's gleich gesehen, und, Ehrerbietung in der kleinen Stimme, danach gefragt – das hatte mir den Mut gegeben, Nummer 1, eben den »Scherbenberg«, herzusagen.) / Die zarten Klüfte ihrer Zehen. Ganz hauchleicht angeschmutzt : zum Küssen ! / Und die Schwüle, die Schwüle. Da sie gestand : »Oh, ich hab' Gewitter gern.« fiel mir ein – Triumph : mir fällt manchmal noch was ein ! – »Dann wohnen Sie gewiß zur Miete ? – Wir, mit unsern Beständen an Kunstwerken im Hause, verspüren zwangsläufig etwas Unbehagen, wenn's übertrieben wetterleuchtet.« (Lächeln : allgemeine Entspannung; sie notierte erfreut.)
Jakob, den kannte sie ausreichend; mit dem machte sie nicht viel her. (Nannte ihn wohl mal »Maestro«, gewiß; aber daran erkannte man ja hinreichend, daß sie ihn als Opa betrachtete. War er doch auch der Mann, der unsere Wäscheklammern durch Kerbschnitt zeichnete; sie periodisch nachzählte; und sich immer wieder neu ärgern konnte, wenn ihm 1 fehlte, an der ganzen-großen Zahl. Dabei ist es unvermeidlich.) / Perl-

grau & nelkenbraun ihr langes Kleid. Auch Weißgrün mit Violblau hätte ihr bestimmt gut gestanden. (Ach, man hätte herunterstürmen können müssen, athletischen Sprungs; einen Doppelband der BRITANNICA gleich einem Falken auf der Faust; den Zimmermannsbleistift quer im Mund, wie eine glühend gemachte Machete . . . : was wollte sie wissen ?)
»Was ich gerade unter der Feder habe ?« – (hatte sich also mit nichten geschämt, und genau den, von mir vorgeahnten Ausdruck gebraucht. Etwas ernüchternd.)
» DIE ‹KÖNIGSMÖRDER› «
auskunftete ich würdig; » ich hab' da früher einmal « – (sprich 1930 ; oh, bloß den Finger auf den Mund !) – »eine umfangreiche Sendung über die Richter Karls des Ersten, von Engelland, gemacht. Wie sie hingerichtet wurden; emigrierten; flüchteten – kuriose Fata. Auch mehrfach in der großen Dichtung behandelt : SCOTT; COOPER; PAULDING. Undsoweiter.« Und sie machte doch interessierte Germanistinnen-Augen; (leider stützten eben 2 dunkelgrün gekleidete Coca-Cola-Fahrer einen Besoffenen an unserem Hüttlein vorüber; sodaß mein nonchalantes, »Es ist auch eine Ehre, jahraus-jahrein den worstseller zu liefern« wirkungslos verpuffte – jetzt wußte ich nichts mehr.) Und es wurde auch gleich langweiliger; Mißgeburten von Worten, unaufhörlich aus nassenroten Mündern geboren, über dicke und dünne Lippen; (das Gesicht zerkratzen sollte man sich : daß man sich nicht mehr erkennt im Spiegel. Jetzt war sie noch ein hübscher Käfer; der jedoch, seinem Knochenbau nach, lange genug leben würde, um danach beträchtlich reizloser zu sein.) Wer ‹ Verbindungen › hätte, erklärte sie uns, könnte seine Autonummer gleich der Telefonnummer bekommen. (Hatte also Verbindungen; es wurde von Minute zu Minute einfältiger !)

»Sie haben doch auch noch einen Bildhauer hier? – bei Uns sind ja alle Künste vertreten, wie?« sie, erfreut. Und wir geleiteten sie geflissentlich zum ‹Schuppen›; (geschieht Caspar recht! Sie blieb zwischendurch einmal stehen, und unterhielt sich graziös mit einer jungen Eberesche – von mir gepflanzt. Ihre Kehle glätter denn Öl.)
Vorsichtshalber, zu ihrer Vorbereitung – wußten wir doch selbst nicht, was wir jetzt Alles zu sehen bekommen würden; es war immerhin der ‹Tag darauf›! – »Schließen Sie wenigstens aus der Beschaffenheit aller Dinge auf den hohen Grad der Unschuld & Einfalt unseres Lebens hier.«

*

(Und es blitzte und donnerte. Je näher wir kamen.)
Und auf die Tür –: da stand der Riese! Die großen (schwammigen!) Muskeln zuckten und otterten; den Meißel hatte er genau zwischen einen Pferdepopo gesetzt, und trieb ihn dahinein, wie wenn es sich um Lehm handele und nicht um Königshainer Granit: ! : ! ! : ! ! ! . – Das sah vielleicht aus, als er sich umwandte, und die dünn-blaue Qualm-Arabeske gleich einer Jugendstillinie zu seinem drohenden Gesicht hochschwelte: die Zigarre im Nabel! (Ihre Augen, zuerst gekocht-erstarrt, begannen gleich zu leuchten, wie faules Holz. So ein Biest!).
»Das donnert ja ordentlich bei Ihnen! Wenn man näher kommt.« Also Fräulein von Kriegk. Und Caspar zurück, nach neanderthalisch-kurzer Musterung: »Wenn ich ein Blitz wäre, würde ich immer nur in Sie schlagen!« (Mit gedunsenem Mund und geschwollenen Augen; sie wich dem Schatten seiner Faust schon nicht mehr aus.)
»Darf ich fragen was Sie zur Zeit-ä....?« (»unter dem

Meißel !« getraute sie sich diesmal nicht; bei mir hatte sie's ohne weiteres getan.) Und Caspar tat den üblichen unverschämten Blasebalg-Zug aus der Brasil; stopfte sie sich wieder mitten in den Bauch; und grölte thoren :

»*SCHWÄNZE!*« –

Sie bebte; mirabellenäugig; hielt's aus. Und genehmigte, mit leicht geöffneten Lippen auch noch, Caspars Erklärungen : jegliche deutsche Stadt hatte sich, »vor dem Kriege«, mindestens 1 Reiterdenkmales erfreut. Sämtliche Rosse hochgebäumt; oben drauf der Betreffende, im metallenen Frack und Federhut; die Rechte mit dem Zeigestock zum Beschauer hingestreckt, wie wenn er sagen wollte : » Sie, mein Lieber, qualifizieren sich auch täglich schlechter ! « . Nun waren aber die kurfürstlich-großlockigen Roßschweife meist nur an einer, höchstens zwei, punktförmigen Stellen befestigt, die also prädestiniert waren, bei der ersten Luftmine nachzugeben. Resultat : nach 45 standen so gut wie sämtliche Standbilder ohne Schwänze da !
Und Caspar war nicht nur Spezialist für Tierplastik; sondern kannte vor allem den zuständigen Regierungsrat von der Schule her; und machte folglich, disons le mot, seit geschlagenen 2 Jahren *nichts als Schwänze !* Pferdeschwänze, Bisonschwänze, Drachenschwänze, Pfauenschwänze, Alles-was-einen-Schwanz-besitzt, wurde durch ihn neu beschwänzt. (Und was hatten sich da nicht schon für Finessen ergeben – da er grundsätzlich Säuger-Hintern fotografierte (mußte er es nicht ?), hatten ihn Beamte der Sittenpolizei verfolgt : § 176; »Unzucht mit Tieren« ! Im Zoo war man dem Unseligen auf den Fersen geblieben, wie er den Bestien da pausen-

los in die Gesäße spähte; »Sodomie« ist ja kein Kleines. Am Ende hatte er grundsätzlich mehrere Bescheinigungen von Behörden bei sich geführt, eben des Sinnes, daß er Derjenige-Welcher sei, der die lädierten Denkmäler; und überhaupt zu solchem Tun berechtigt.)
Sie sahen einander an : die dürre Ziege im Sommerkleid; der Polyphem mit Eisernem in jeder Faust; ihre Münder waren praktisch auf gleicher Höhe. Der seine begann sich frech zu verzerren : »Wollen Sie die Entwürfe zum RIO JUAREZ sehen ? !« kommandierte er (der lag ja auch »von gestern« noch drinnen.) : »Nackt. In der Rechten ein Macquahuitl. Den Kopf an einen Berg gelehnt : in Gestalt einer Frauenbrust !«; und brüllte derart brutal, der Kerl, daß wir uns ganz erschrocken umsahen – !
Er hielt ihr die Tür offen. Mit bemeißelter Faust. Noch einmal wulstete es (widerlich !) in seinem Muskelfleisch. »Mejia« – sagte auf einmal ihr fadenförmiger Mund die Schulkenntnisse auf : »Miramon; Bazaine; Kaiser Maximilian : MIRAMAR !« Er gleich, verheißungsvoll grollend : »Miramar.«
Sie verschwand im sich weiter öffnenden Türmaul. Sie wußte eben zu viel : widerstandslos durch Überbildung. (Der Lump zwinkerte uns noch hämisch & majestätisch her. Und der Cotopaxi seines Wanstes qualmte. Umschlingwallt von Obscurridaden.)

*

Und wieder auf der Veranda sitzen. –
Ich, unbeweglich, vor'm DAMMRISS. Jakob umarmte seine Leibkatze; (ging auch einmal hinein, »Ordnung machen«; ich hörte ihn, seiner grauslichen Gewohnheit nach, bei jedem Handgriff zählen – 1 Hemd wegzustauen benötigte er ungefähr 25 ; Himmel-ein-Bär !)

30 Minuten. Die Sonne begann zu bluten; unten lief's ihr rot raus; da half keine graue Wolkenbinde. Ein Knabe, das ovalgestutzte ‹ 4711 ›-Schild vor der dünnen Brust, galoppierte dröhnend, mit Birkenlanze, gegen den Nachbarssohn vor – vielleicht ein Artikel : ‹ Über die Anregung moderner Dichter durch Prospekte & Reklameplakate › ? Jakob erschien wieder, und berichtete, mit kurios-veralteter Stimme, von dem Beamten-Ehepaar in der Kreisstadt, deren Sprößlingen er Guitarre beibrachte : Er hatte neulich, hinter den kümmerlichen Beständen seines Bücherregals das wasserhelle Fläschchen hervorgeholt; darin der Embryo; stolz : » Mein Sohn « . »Dann wird Sie ja demnächst mit Gallensteinen ankommen.« Armer Jakopp.
(Kollerte & narrte es nicht im ‹ Wirtschaftsgebäude › drüben ? Aber er – der ja schließlich ‹ vom Ohre › lebt – bewegte nur verneinend das hohe-graue Haupt : »Nur die Igel.« / Also wieder sich selbst in den Arm nehmen. In Ermangelung eines Besseren. / Und schweigen; hutzelseelig.)
Nach 90 Minuten dann ein »Gitta –«; (unverkennbar Caspars Stimme; wer hätt's wohl auch sonst sein können ? Idiotisch.) »Ich bring' Dich zum Tor.« (Hinterherlugen : Rock zerknittert; an der Bluse fehlten mindestens 2 Knöpfe; das Haar bezeichnend zerstrubelt. Und Jakobs Hand schlug unwillkürlich den Takt seines ‹ Hochzeitsmarsches › aus dem WALDRÖSCHEN; wenn dann der Großherzog von Hessen-Darmstadt in den Festsaal geschritten kommt. Daneben der Herzog von Olsunna.)

*

Unnütz zu sagen, daß 8 Wochen später geheiratet wurde. (Wir blieben selbstverständlich in unserem Häuschen woh-

nen; ich hab' keine Lust, ‹junges Glück› zu stören.) / (Lieber auf der Veranda sitzen; vor'm DAMMRISS : einmal kommt der Vermummte Herr ja doch.)
Haben auch weit mehr Platz jetzt. Und weniger Krach. (Essen wird uns allerdings gereicht; aus der überdimensionalen Gesindeküche. Ich ‹wende› jedesmal sofort danach 1 Lied – GAUDY, oder sonstwer komplett Unbekanntes – Jakob vertont's umgehend; und ‹Gitta› singt's kühnlich ‹vom Blatt›. Ich bin dafür, zu bezahlen, was man kriegt.)
(‹Das Gnadenbrot essen›, gelt : so weit ist Jott Bee Lindemann noch lange nich !).

*

Chr. M. Stadion :
J. B. LINDEMANN EIN PLAGIATOR !

Ich glaube mich zum Sprecher des gesamten gutbürgerlichen Lesepublikums zu machen, indem ich gegen das vorstehende Produkt schärfsten Protest einlege !
Und zwar nicht nur der unglaublichen »Geisteshaltung« wegen, die vor den widerlichsten Obszönitäten nicht zurückscheut, wenn es einen billigen Effekt gilt – diese wird ihre Abfertigung an anderer Stelle erfahren; in meiner »Geschichte des Niedergangs der deutschen Literatur seit 1945«, Abteilung 4, »Niedergang der Kurzgeschichte«, II, S. 743 ff. des (leider noch ungedruckten) Manuskriptes – sondern vor allem des sogenannten »expressionistischen Gedichtes« wegen, dessen Herr Lindemann anscheinend einmal mehr die Stirn gehabt hat, sich zu rühmen. Ich beobachte das Treiben dieses, ich wage das Wort : SCHARLATANS !, seit Jahren; und habe mir, unter anderem, eine beglaubigte Abschrift auch jenes »Gedichtes« zu verschaffen gewußt. Hier ist es zu-

nächst, in Lebensgröße; (die Marginalien, und ich sehe nachträglich, ich nahm wahrlich unverantwortlich viel guten Willen zusammen, entstammen meiner Feder) :

Ländlicher Spaziergang

1

Klöder drahlen
Flappe zullen
Fäsen schleipen schlinken söllen — am Teichufer
schwiedeln klinnen gullen flangen
Sieve plumpen Rölsen schwieken
(Nixen mummeln ?) — Unsinn! Nixen gibt es nicht.
Zasel tufen
Kausche schlutten uchten flahnen
Schwerdel glitzen Mocke dusen
Wäppel elsen pinten lieschen — Wasser-Ober-Fläche, von Fischen gebuckelt?
Schilfe binsen Teische tageln
(oken ?)
Narfen merren. — also Froschgequarre

2

Sprehnen wirteln Osen laschen
Flatten spaunen Beischen brusen — anscheinend Beginn eines Wald-Saums mit Moosen und Heideln
kinschen preußen Rengen dendeln

3

Muche modern Fiste buffen
Kunze trüffeln bolzen killen — Aha! : »Pilze suchen«. — Der Verfasser ist bekannt für dies Motiv.
Morcheln bregen rimpeln hirnen
Reische nollen Brande matzen
Pöhle nippeln Schwämme stuppen

4

Dingel margen Rodel lingen
Hilpen flurren Nemnich ill'gen
Rahlen raspen relken granten
Dratteln schraden grampen sporkeln
Fratten-Flassen-Schroben-Dören
Zauken tacken Saaren sprätzen
Spricken ocheln reschen ramseln
Bromen spieren sicken muhren
Haden rinsen
Sungen eiben
Pappeln Hessen Linden müllen
lahnen jäcken pattel jugeln.

Englisch »margin« Farnfeld? Schwer festzustellen.

Also das ist ja nun unverkennbar Dornen-Gedränge & Unter-Holz — aber warum muß er auch durch sowas durch?!

»Brombeeren«! — Man kommt ihm schon auf die Spur!
Ergo Laub-Bäume; mit anderen Worten: wieder 1 Waldrand. — Da ohne »r«: Frage: Plagiat von Brockes?! Zuzutrauen ist's ihm!

5

Roggen schwaden simsen schnöten
Senden schmielen Riesche seggen
Tremsen disteln strallen Zetten
Krappe effern Wutten jocken
Malche gadeln kleppeln kossen
Hiefen schwadeln Hirse jossen
wolcke streppen Klissen bucken

Felder; anscheinend stark verunkrautet

ja; ziehen nun Cumuli auf, oder nicht?!

6

Foben lienen Otten limmen
Näven putten glahnen bralen
Redern küren Flieder gumpeln
Flitten wullen ? Rauten tringeln.
Locke loren wippen alben
Mohne naden Glumen nielen
Merke holdern Elpen gindeln
Frehmen girren Zeideln felben

Dem ist alles — pff!
»prahlen«?

wohl das Hin- und Her-Schwappen der Blüten-Dolden

Erst »Steingarten«; dann wieder weicher

Lorschen grischen brahnen questen
Kruppen kuhnen
Schelfe käfen
Winden myrthen hinten nach.

vom englischen »question«?

Käfer? Schädlinge?

7
Kürbse nallen toppen böllen
Zwieren noden
Klammen zöden
Schruben zwetschen
Spillen pimpeln
Schwallen prummeln Gohren wispeln
Wauden druten Rullen hulken
Holste humpen Kneyen zumpen
Heppen wären Burren wersen
Kohle knoppen Knecke möhren
Knippen lennen Wilche spargeln
Melden kressen Brensel schnoppen
Schirken drumpen? Knöre irgeln?
was –: sogar Sparke rampen?!

fast zu leicht! – Natürlich der sich anschließende Obst-Garten des Bekannten!

Vom englischen »plum« oder vom französischen »prune«? – Bitte in Zukunft präziser! »ump-ump« wie plump!

Spargel? – Es kann kaum sein!

*

Risum teneatis, amici! Und nicht nur dieses; sondern es sei ausgesprochen, das Ungeheure: *jedes einzelne der betreffenden »Worte« findet sich in* OKEN's *»Naturgeschichte«*, wo es als (sinnlos verdeutschter) Gattungsname von Pflanzenoderwasweißich figurieren muß! Oken sei's verziehen; im Donnerton aber ruft die Volksstimme: Quousque tandem, Lindemann?!

*

J. B. Lindemann:
NOTWENDIGE ERKLÄRUNG

Zu dem, ohne mein Wissen & Willen veröffentlichten – also widerrechtlich : wir sprechen uns noch, Herr Stadion ! – unverächtlichen Versuch meines »LÄNDLICHEN SPAZIERGANGS« wäre, nachdem die gutgespielte Fach-Entrüstung ob des »Plagiats« oder »abgestandenen Expressionismus« rascher als jener berufene Querulant sich erhoffte, abgeklungen, ist, Folgendes nachzutragen – und ich möchte betonen, daß es sich, um mich exakt-bundesdeutsch auszudrücken, dabei um »ein echtes Anliegen« handelt; denn demnächst werden der Menschheit ganze Gestirne, MONDVENUSMARS, sich vorlegen; Gesteine aller gemusterten Arten, kuriose Landschaften, Lebewesen wenig comme-il-faut, von den Erlebnissen der Raumschiffahrt (»Liebe bei Schwerelosigkeit« : wir-hier, und nicht nur Freund Schmedes, bejahen, mit Maßen, die Sinne, Herr Stadion !), noch ganz zu schweigen.
In Erkenntnis dieser Tatsache – obschon nicht viel »Erkenntnis« zu so was gehört; simpler gesunder Menschenverstand tut's vollkommen – hat sich, wohl in unbewußter Nach-Vollziehung dieser-meiner Einsicht (ich bin mit dem Vorwurf des »Plagiats« nicht so schnell bei der tintigen Hand), ein neuerer junger Autor in seinem Buch vom »KAFF, auch Mare Crisium« den nachdenklichen Scherz geleistet, und einen »Benenner« mit auf den Mond verfrachten lassen; der natürlich, »ein echter Dichter« und ergo ebenso stinkfaul wie anti-technoid, entscheidend versagt. Und ob ich auch die leichtfertige Behandlungsweise des Erwähnten nicht billigen kann, bleibt das Problem-selbst deswegen ernst und dringend. (Obwohl unser Deutsch schwermütigerweise hierfür schwerlich noch

benötigt werden wird; Russisch & Englisch dürften als kommende Sonnensystem-Sprachen zuständiger sein.)

*

Was not täte, wäre eine Voll-Biegsamkeit der Sprache; die, sei es von der Orthografie, vom Fonetischen, oder auch von den Wort-Wurzeln und -kernen her, imstande wäre, z. B. in einer Flüssigkeitsfläche hin- und herschwappende Lebewesen rasch und bildhaft-überzeugend à la Neu-Adam zu inventarisieren; ja, noch brutal-fähiger, zu »vereinnahmen«.
Infolgedessen – und, ich hebe es noch einmal hervor : von dem Ernst der Lage vermutlich durchdrungener als die meisten meiner Zeitgenossen – habe ich mir mit dem verehrtunwissenden Leser diesen Nicht-Spaaß erlaubt :
es gab nämlich bereits einmal, in lieben Deutschlands Mitten, eine »Schule«, die über die notwendige Sprachgewalt verfügt hätte; ich will sie, nach dem mir geläufigsten ihrer Führer, die OKEN'sche nennen.
Lorenz O k e n (eigentlich »Ockenfuß«) wurde in Bohlsbach, Schwaben, am 1. 8. 1779 geboren. Studierte die Medizin in Würzburg; noch mehr in Göttingen; und wurde sehr bald Privat-Dozent. Ging 1807 auf Anregung Goethes als Professor nach Jena – legte allerdings, auf Anregung Desselben, 1819 diese-seine Professur wieder-nieder (auf die Gründe komme ich gleich zurück). Anschließend lebte er als Privatgelehrter am gleichen Ort; wo er 1822 die bekannten großen »Naturforscher-Versammlungen« ins Leben rief. Ging 1827 nach München. Von dort jedoch, durch gewisse »Kreise«, die zu nennen heute wenig opportun ist, bald verdrängt, folgte er einem Ruf an die Universität Zürich; wo er dann auch,

fleißig & frugal bis ans Ende, am 11. 8. 1851 – also eben 72 Jahre alt – gestorben ist.
Dieser Lorenz Oken war nichts weniger als ein flacher Kopf!
Ganz abgesehen von seinem, ziemlich bekannten, Streit bezüglich der Priorität der Entdeckung des »Zwischenkiefer-Knochens« mit Goethe – die »im allgemeinen gut unterrichtete« ENCYCLOPAEDIA BRITANNICA (ein Beiwort, das, ich weiß es wohl, eigentlich nur dem RHEINISCHEN MERKUR zusteht) nimmt übrigens eindeutig Oken's Partei! – hat er eine große Anzahl sehr anregender Schriften veröffentlicht; und Wendungen wie die vom »Rotierenden Gott« oder dem »Universum als Fortsetzung des Sinnensystems« dürften unseren schick-modernen Mystikern gar lieblich in die feinen Ohren klingen.
Seine absolut bedeutendste Leistung jedoch war seine Zeitschrift »ISIS«; die von 1817 bis 1848 einschließlich erschienen ist, und die nicht nur (wie böswillige Rezensenten, bzw. die Verfasser abgelehnter Beiträge sich gern ausdrückten) von »Freßwerkzeugen der Insekten« gehandelt hat; sondern in mehrerer Hinsicht eine führende Rolle spielte. Ich will hier nur die Literatur anführen – etwa den berühmten Streit mit FOUQUÉ; die erste Übersetzung des KALEWALA; oder aparteste sprachliche Neuerer wie K. Fr. Wildenhayn. Aber auch die Politik wurde nicht vernachlässigt – insofern handelte es sich freilich um eine durchaus »undeutsche« Publikation. Dies übrigens auch die Handhabe für das ekel-tatkräftige Eingreifen des dickbesagten Herrn Goethe; der Oken – imgrunde wohl verärgert über jenen »Zwischenkiefer« – auf dem Umweg über das großherzoglich-weimar'sche Kabinett vor die »Wahl« stellen ließ, ob er seine »ISIS« oder aber seine Professur aufgeben wolle?

Nur, daß Lorenz Oken – wahrscheinlich der Seltenheit halber; nur die »Göttinger Sieben« waren ähnlich »Männer« – unerwartet-anders »wählte« : er verzichtete auf die Scheiß-Jenaer-Professur; und führte lieber seine herrlich-berüchtigte »Isis« in Rudolstadt weiter ! (Hier wäre übrigens Stoffs genug für einige Dutzend Doktor-Dissertationen; denn das in den 30 Jahrgängen enthaltene Material ist wirklich unerschöpflich : re-printer, herhören !)
Nun war Oken aber erfreulicherweise nicht nur »Natur-Filosof«; sondern gab auch, etwa ab 1802, wichtige und an Umfang immer zunehmende Groß-Nachschlagewerke über Biologie heraus. Das zeitlich letzte war die »Allgemeine Naturgeschichte für alle Stände; Stuttgart 1839–42; 14 Bände«; (und wer ein Spezial-Interesse daran haben sollte, Dem sei empfohlen zu vergleichen, was der mit Recht so genannte »Grosse Brehm« daraus gespickt hat – die 5 %-Klausel ist garantiert übersprungen !) .
Hier nun, wie auch in früheren Veröffentlichungen schon, gab Oken eine umfangreiche neue »Deutsche Terminologie« der Pflanzen- und Tierwelt, die so vorzüglich war, daß sie sich schon deshalb nie bei uns eingebürgert hat; obwohl die Namen, zum weitaus größten Teil, in ihrer Bildhaftigkeit schlechthin entzückend sind ! (Angelehnt an Vorgänger wie Nemnich / Illigen / Wolcke; die ich deshalb in mein »Gedicht« prompt eingearbeitet habe.)
Da es sich bei solchem Versuch um eine Anregung handelt, dem denkenden – nicht nur »Leser«, sondern auch präsumtiven »Fachmann« – unentbehrlich & anregend, habe ich mir schalkische Freiheit genommen, die im Bande 3 b, auf den Seiten römisch III–VIII, vorkommenden »Ordnungen und Zünfte« am Leitfaden eines »Ländlichen Spaziergangs« vorzuführen. (Und möchte ausdrücklich festgehalten wissen,

daß ich der Oken'schen Namengebung mit nichten Gewalt angetan; vielmehr die Teichflora dem Teich, die Pilznamen den Pilzen, gelassen habe.) –

»Narfen merren« – : kennen Sie ein schöneres »Röcheln im Röhricht« (um es Vossisch-Louisen-haft auszudrücken)? Kann etwas schöner Joyce-mäßig gleichzeitig von »Larven« und »Narren« (gleich »Narretei der Frosch-Herren«!), von »quärren« und »marxen« herkommen? –

: Was Uns fehlt, sind nicht Berufs-Offiziere, -diplomaten, -theologen, -juristen: »Benenner« brauchen wir!!! –

So etwa, Herr Chr. M. Stadion, hätten die Anmerkungen eines denkenden und ehrlichen Mannes zu meinem »LÄNDLICHEN SPAZIERGANG« gelautet – beides freilich Eigenschaften, deren der Verfasser eines »Niederganges«, der Übersetzer einer »Gelehrtenrepublik«, entraten können mag.

Dr. Mac Intosh:

‹PIPORAKEMES!›

(Der Verfasser ist Gast-Lektor an einer unserer Universitäten; in seinem Heimatlande geschätzter Essayist, bei uns ehrenvoll bekannt durch seine Untersuchung der Benda' (1775–1832; ‹Goethejahr›, leicht zu merken) schen Übersetzung des SHAKESPEARE *– er schreibt den hohen Namen grundsätzlich majuskulös : ein feines Zeichen der bei unsern ‹Zornigen› weitgehend in Abgang geratenen Ehrerbietigkeit, zu wünschen höchlichst. Bestens unterrichtet & mit Freimut legt er den Finger in eine der schwärendsten Wunden deutscher Buchbetriebsamkeit – einen »schlimmen ‹Wolf› in unsern abruzzesten Schlupfwinkeln«, wie sein sarkastischer Ausdruck bei Überreichung seiner Arbeit lautete – und auch Wir haben Uns, nach reiflicher Überlegung, dazu entschlossen, den uns anvertrauten Artikel ungekürzt & mit voller Nennung sämtlicher Namen zu bringen. Nicht, weil die Meinung der Schriftleitung 100%ig identisch mit der des Verfassers wäre; wohl aber, weil zu hoffen steht, daß die, solchermaßen in Gang gesetzte, Diskussion sich in ihren Endauswirkungen als heilsam & höchstförderlich für den Standard unseres gesamten Schrifttums erweisen werde. –)*

I

Vermutlich – nein : gewißlich – hätte ich noch länger geschwiegen, und weiterhin, ‹in alls gedultig›, Materialien gesammelt; da ich jedoch, und würde ich so alt wie Thomas

Amory, schwerlich gravierenderem Detail begegnen werde, habe ich mich entschlossen, das Thema, wenn auch nicht entfernt abzuhandeln, so doch jetzt & hier bereits kurz zu umreißen. Ich bitte also, mein Referat lediglich als Prodromus einer geplanten erschöpfenden Untersuchung zu betrachten. (Wenn ich im folgenden zitiere, so geschieht dies nach dem amerikanischen Original des WILLIAM FAULKNER, ‹New Orleans Sketches›, 1958; und dem betreffenden – ich wage nicht, ‹entsprechenden› zu schreiben – deutschen Buch, ‹New Orleans›, das 1962 bei Goverts herauskam. / Ich werde mich weiterhin bemühen, die über alle Maaßen befremdliche Ausdrucksweise meines Interlocuteurs fonetisch getreu widerzugeben; obwohl mich dies nicht geringe Überwindung kostet, und an die Leserschaft eine ausgesprochene Zumutung darstellt – aber ‹Die Wahrheit über Alles›.)

2

Da man grundsätzlich auch dem Gegner zunächst einmal Alles zugute zu schreiben hat, was zu seiner Entlastung, (wenn nicht gar Rechtfertigung), dienen könnte; so ist es sicherlich nicht unnütz, zu erwähnen, daß die Tage zuvor trockenes & heißes Wetter geherrscht hatte – ich bin selbst Luftdrucksensibler, und habe auch auf meinem Schreibtisch Baro- & Thermometer stehen. Der Himmel also bestand aus weißen elliptischen Schuppen, in denen sich eine (schon bronzen werden wollende) Sonne sehr langsam bewegte.
(Es versteht sich, daß ich mich, vorbereitend, darüber informiert hatte, mit wes Geistes (?) Kind ich zu tun haben würde. Ich hatte also gewissenhaft in dem trefflichen neuen Autorenlexikon des Verlags Herder – what a name ! – nach-

gelesen; und mich dann noch zusätzlich bei dem rühmlich bekannten Kritiker & Kenner moderndes deutschen Schrifttums, dem Verfasser des ‹Unbehausten Menschen›, erkundigt.....: Ich möchte von vornherein festhalten, daß die also gewonnenen Daten sich als untadelig erwiesen : nicht 1 Wort zu viel; wohl aber viele zu wenig!).
Jedenfalls gelang es mir, nach längerer Irrfahrt, den Weiler aufzufinden, wo der Betreffende sich zur Zeit aufhält. (Bezeichnend in ihrer naiven Voxpopulität die schwermütige Auskunft eines Thomasmehlstreuers, bei dem meine Begleiterin-Fahrerin sich nach dem Hause erkundigte : »Jo. : So-Wat hebbet wi nu in'n Dorf.« / Die Nächste maulte vom ‹Glöwenix›; und metronomte dabei, ausdrucksstark, mit dem Daumen über die Schulter. / Ein Dritter allerdings riß seiner Augen Fransenvorhang auf, und flüsterte : »Datzn *ganzn* Grootn!«. – Daß er sich, um diesen schwierigen Satz hervorzubringen, an unserm Botschaftswagen halten, auch zwischen den einzelnen Silben mehrfach ‹Hick› rufen mußte, mag das ‹Gewicht› solcher Aussage dartun.) / Anhalten. / Aussteigen. (Meine Assistentin ließ ich vorsichtshalber gleich im Wagen.)

3

Hinter dem 6 Fuß hohen Zaun – Maschendraht, mit 2 Schnüren Stacheldraht darüber; (und dann noch die verwilderte Lebensbaum-Hecke : typisch : ja keine co-operation!) – stand 1 Mann, mit einem dünnen, scheußlich-roten Plastikschlauch in der Hand, auf schütterem, pfuscherhaft-gemähtem Rasen, (da lob'ich mir Unser HAMPTON-COURT!), und besprühte eine Reihe kleiner, neugepflanzter Thujen. (‹occidentalis›? Ich will mich nicht festlegen.) / Ich hielt mich

zunächst, absichtlich, hinter einer Fichte; und Er, obgleich er das Geräusch des nahenden Autos vernommen haben mußte, sah sich nicht um.
(Und warten. Ich hatte mich zu eisiger Geduld entschlossen.) –
– . – – . / – – – . – – – / . – . – :
: Er stellte vorn an der Düse; (man hörte's am veränderten Sausen des Wassers). / » Das dollste Dink, seit Noah bei der Marine war – «, hörte ich ihn murren; (auf Blasfemien war ich ja gefaßt gemacht worden). / Unverkennbar an vapeurs leidend; (falls es sich nicht um ein boshaftes Zeichen der Mißachtung handeln sollte, was zu entscheiden hier nicht der Ort ist – die Frage ist so zweifelhaft, daß selbst-mein Urteil, so oft ich von Neuem darüber nachdenke, schwanket. / Er legte den Kopf auf die linke Schulter, und schien dem mefitischen Klange noch nach zu horchen –) » Ganns Flachland schnarcht – « probierte er dazu maulfaul. Und Pause. Und weiter Wasserwispern. / Dann, als ihm 1 ferner Vogelruf ins Schweigen fiel, – : »Als Gesang noch Gemurmel war, hieß der Kuckuck Caruso.« (Saubere Maximen ! Aber ich verhalte mich ja lediglich referierend. Auch däuchte es mir an der Zeit, vor zu treten.) –
– : » Dr. Mac Intosh. « –
(Er war tatsächlich etwas zusammengezuckt : hatte er unser Auto etwa *doch* nicht auf sich bezogen ?) . Musterte mich, muffig & tückisch; (und *noch* etwas glaste in seinem Blick, was man gleich vernehmen wird). Er überlegte. Dann sagte er, ebenso schwerfällig wie impertinent – (und das war das bezeichnende Gemisch unserer ganzen Unterhaltung : wie da zuweilen in sein trübes Auge ein Ausdruck überwältigender List trat !) – »Jå. – Es kann schließlich nich Jeder Schmidt heißn.« Er spritzte; und sah dabei offenkundig weg,

wie wenn er hoffte, daß ich mich nunmehr entfernen würde. Zerrte auch, unter ausgesprochen hunnischen Vertraulichkeiten, den Schlauch ein Ende weiter durch seine Selfmade-world. (Und das bespritzte Laub raschelte, wie die Seiten von schlechten, experimentellen, Kurz-Romanen !) .

» Ich bin gekommen, um mich mit Ihnen über Ihre FAULKNER-Übersetzung zu unterhalten – « ; aber er, ungeschliffen, unterbrach mich sofort. : » Nee. « sagte er. Machte ein Trapezmaul & zielte. (Lugte bösartig ums Brilleneck : ?).

» Ausgerechnet Willjämm Forkner – « hörte ich ihn brummen; (schlechte Aussprache : das rundet das Bild entscheidend).

: » Dürfte ich vielleicht näher treten ? – « versuchte ich, ihm aufzuhelfen. »Nö.« sagte er, und schüttelte den Kopf. / : » Wissen Sie, daß Sie unhöflich sind ? « – : » Iss-iss höflicher, derart rollkommandomäßich zu erschein'n ? « . / »Ihr großer GOETHE hat einmal . . . . . «; aber er unterbrach mich schon wieder. »Ich bin selbst Autor.« sagte er ablehnend; (& jehoviales Grinzen, & saloppes Äuglinzn – die Megalomanie kam also durch, aha.)

»Ich habe mehrfach über deutsche Übersetzungen unserer bedeutenden angelsächsischen Autoren gearbeitet,« begann ich gemessen wieder; »zum Beispiel hier, mein Buch über die Benda'sche SHAKESPEARE-Übertragung . . . « – (ich hielt ihm den schmucken Leinenband hin, zwischen Stachelschnüre & Maschendraht; er besah ihn längere Zeit, hatte aber dabei die Augen geschlossen). / » Benda – « sagte er dann gedankenvoll; » alte Großfamilije – « . Und hörte gleich wieder auf zu reden; und sprühte. / : » Ich gedenke Ihre FAULKNER-Übersetzung zu besprechen . . . ! « . Er zukkte nur vorurteilsfrei die Achseln. Und sprühte.

: » Hören Sie eigentlich zu ? ! « ; ich, schon schärfer. / Und

er, nach einigem Überlegen ernsthaft – : »Ich hör' immer nur halp zu.« –
: » Dürfte ich beim Titel beginnen ? – Sie haben das ‹ SKETCHES › weggelassen. : Warum ? ! « . / Er sah mich an, vergleichbar dem Erstaunen, wie wenn ein Maurer, mit dem man die Ausbesserung seines Schornsteins berät, plötzlich den Ausdruck ‹ Levitation › gebraucht hätte. »Honest Indian ?« fragte er mißtrauisch; (ich wußte, wie billig, nicht, was er meinte !) . » Ha'm Sie jemals erlebt, daß 'n Lecktorr, oder 'n Verleger – oder 'n Reh-Zennsennt – nich Alles besser gewußt hätte, als Mann-Selpst ? « . Er; Ich wartete 'hutsam; (er taute augenscheinlich aufer). Zog aus der Gesäßtasche 1 Fläschchen, (tuu dschills schätzungsweise); rieb vulgär den Korken, daß es fiff; sah mich über die gläserne Mündung hinweg bedeutsam an; und äußerte
: » ES LEBE DER RAPATZKI-PLAN ! «
(Ich schwieg natürlich : Windbeutelei, die Niemandem etwas beut ! / Zu wieviel Prozent trunken, wage ich nicht zu entscheiden; das kriegt man bei geübten Säufern nie raus; er fragte lauernd : » Ha'm Se ma was Eignes geschriebm ? « . : » Ein episches Gedicht, dessen Held MOSES ist.« : » Moses ! ? « wieherte er unwürdig, und sprühte im weiteren Bogen. – *Wie* hatte's geheißen ? : ‹ Sein Schmähvermögen ist unerschöpflich : wiederholungsfreie Fülle ›; also *jedes Wort* stimmte !) .
» *Ich* hatte – ich bin 'n alter Diesseitler, « schaltete er ein, » – 'n ganns andern Tietl vorgeschlagn. « » Und zwar welchen ? « . – » ‹ GEBURTSORT NAZARETH › « zitierte er genüßlich; und sah, unter einem Winkel von 45° in das flaue Gewölke; (als ob dann der Blick am weitesten reiche !) . Ich gab ihm zu bedenken : » Wäre es nicht möglich, daß Viele – und nicht die Schlechtesten ! – Anstoß genommen hätten

an solcher Profanierung des Heiligsten ? « . – Sein Gesicht verstellte sich auf's Absonderlichste ! Es rang in ihm; er arbeitete am ganzen Leibe. » Passn Se ma uff – « , keuchte er . . . . . : – ! ! ! (und nieste ? ! ! ! – sowas hatte ich mein Lebtag, selbst zu Oxfart, noch nicht vernommen !) . » Ha'm Se das Echo gehört ? An der Wand von der Kaddoffl-Scheune ? « fragte er, stolz-erschöpft. » Ich hätte ja wohl taub sein müssen . « , entgegnete ich angewidert.

(Und großzügig sein, und ihm Gelegenheit geben, sich auszulästern) : » Hätte es nicht etwas sehr fragebogenmäßig geklungen, dieses-Ihr ‹ GEBURTSORT NAZARETH › ? « gab ich zu bedenken. Er wölbte anerkennende Augenbrauen, und nikkte mehrfach & interessiert. : » Schtelln S's'ich ma vor : 'n Fragebogn; eignhenndich-ausgefüllt von Benn Pandera ! : Den an HAUSWEDELL gegebm – ? . . . « . Er leuchtete förmlich von ekler Begeisterung : » Keen'n Hannt-schlack brauchte man mehr zu machn . . . « . Seine Stimme verschliff; er zielte einem Tännchen unter den grünen Zackenrock, daß es sich peinlich überrascht nach hinten bog; (Sujets wie bei Félicien Rops : der törichte Vice-Heide ! Nur rasch wieder zum Thema zurück.) : » Der Titel also, halten wir das fest, rührt *nicht* von Ihnen her – ist auch nicht in Ihrem Sinne . . . ? « . Er gab auf diesen Punkt keine Antwort mehr. (Ich blickte kurz auf meinen Merkzettel – , – ah ja.)

: » Es hat Sie gewiß mit hohem Stolze erfüllt, als man Ihnen das Buch eines Nobelpreisträgers zum Übertragen anvertraute, und ich könnte mir vorstellen – – « ; ich unterbrach mich freiwillig; denn er schaute *so* herum, mit einem Gesicht, auf dem Einiges los war. »Machen Se's halblang;« sagte er abfällig : »ich hatt' Forkner zwar vorher ooch schonn nich besonders leidn mögn; aber seitdemchn übersetzt hab', kann ich'n überhaupt nich mehr ausschtehen.«

(*Darauf* war ich nun doch nicht gefaßt gewesen!): »Wollen Sie damit zu verstehen geben ...?«. Er nickte.: »Genau das.« sagte er; zog den Schlauch ein paar Meter an sich, kam um ebensoviel näher, und erblickte unsern Botschaftswagen. »Sie, iss das *Ihre* Knutschkugl?« erkundigte er sich mißtrauisch; auch, entrüsteter: »Da sitzt ja *noch* Eens drinne!« / (Ich hatte mich indessen, geschult, fast wieder gefangen; ließ den Blick jedoch, vorsichtshalber, noch etwas wandern, mich ganz zu fassen – –: »Was glotzn Se'nn meine Lärche so an?!« fragte er scharf dazwischen – – Ruhe; nur Ruhe bewahren.) »Wenn Sie Faulkner *nicht* schätzen: warum haben Sie den Auftrag denn dann angenommen?«. Er schaute mich 1 Augenblick mit offenem Munde an; begann dann zu lächeln, und schüttelte faul-amüsiert den Kopf (Hutnummer immerhin über 60, schätzte ich; na's kann ja auch Wasser sein). »Sind Sie nu tatsächlich so weltfremd?« fragte er, unverstellt ergötzt: »Weg'm Geld natürlich! *Und* der Reklame. – Dachtn Sie aus Liebe zun Wissnschaftn?«. »Also eiskalte Berechnung?!«; ich, entrüstet. Und er, wohlgefällig nickend: »Eis-kallte-berechnunk.«
»Schätzen Sie Faulkner im allgemeinen nicht; oder aber nur speziell dieses 1 Buch?«. »Allgemein nich. Und schpeziell schonn gleich gar nich.« (Ich hakte vorsichtshalber beide Hände in seinen Maschendraht, (‹hielt an mich›). Und eine absurde Situation, eigentlich unwürdig, dieses basislose ungeordnete Geschwätz ‹hinter Gittern› – ich dauerte nur um der Sache willen noch aus.) »*Warum* mögen Sie die zur Debatte stehenden ‹New Orleans Sketches› nicht?«: »Weil der *Ton* so falsch iss!« rief er rüde; »weil beinah' sämtliche Schtücke sentimental & verlogn sind! ‹Armes Nigger sucht nächstes Fußfad nach Affika›: daher schtamm' dann unsre na iwn Vorschtellungn von Farbijn als liebenswürdijn

‹ Großn Kindern › : Wir wer'n Alle noch ma Knopplöcher machn ! – Neulich war'n Araber hier, der wär' bald unsinnich gewordn, wie'ch aus Versehn Rückert's ‹ Mann im Syrerland › zitiert hab' : Es wär'ne Gemeinheit; ausgerechnet sein Vaterland; Scheiß Hariri; und dann noch viel uff arabisch. Wir hab'm'n bloß schnell ins Schwimmbatt geführt, damit er wieder seine gewohntn Haremsfantasien krickt – wieder falsch : der Kerl war schwul wie Winnetou ! Bis dann endlich der Lehrer mit'ner ganzn Jungn-Klasse ankam, da war er zufriedn. ‹ Masch Allah › hat er immerfort gemacht, und iss nich mehr vom Basseng weck zu kriegn gewesn – war'n dolles Bild, wie Der so da schtand : unbeweglich, Arme über der Brust ferschrennkt, der kurze Vollbart; sein dunkles Keep hinter ihm bauscht sich so gans lanksam weit ab, als wär' schonn Eener drann – uns fiel immer mehr Rückert ein. – Aber ein sauberes Eis hatten Die da; ich gloob, ich hab glatt mein halbes Dutznd Porrzjohn'n verputzt; der Bedienunk muß bald unheimlich – « hier unterbrach ich ihn; ich war nicht gesonnen, ihn das Weite gewinnen zu lassen. » Da Ihnen, wie Sie sich auszudrücken beliebten, der ‹ Ton › des Buches derart widerstand : sind Sie da nicht daran verzweifelt, ihn getreulich zu treffen ? « . Er winkte mit der freien Linken lässig ab : » Das mach'ich wie'n Bauchredner. Allerdings war'ch froh, wie'ch das ganze geblähte & gedunsene Wesen hinter mir hatte.« » Sie verurteilen aber immerhin nicht *sämtliche* Stücke der Sammlung ? – Sie bedienten sich vorhin des Ausdrucks ‹ beinahe › . « – » 'ch weeß gar nich, warumm ich Ihn'n so viel Antwort geb' , « sagte er überdrüssig; » ‹ lieb gewonn'n › hab ich Sie nich im Geringstn. – Ach, zwee'e filleicht. « : » Welche zwei ? « .

Er klemmte sich den Schlauch zwischen die mittelbraunen schmierig-bemanchesterten Beine, (und es sah wahrlich ekelhaft aus, was da lang & affendürr aus ihm herausragte, und wie wahnsinnig Wasser gab – wie gut, daß Miß Whytefoot im Wagen geblieben war; es wollte mich schier würgen! – andrerseits war's ja wie im Alptraum, von dem man, zur ewigen Warnung, gar nicht genug schauen konnte. (Und gleich die ewige Mahnung flüstern : ‹ Take up the White Man's burden, / send forth the best you breed; / go bind your sons to exile / to serve your captive's need; / to wait in heavy harness / on fluttered folk & wild, / your new-caught, sullen peoples, / half devil & half child. › Jaja.) *Jetzt wußte ich*, warum unsre Peers, unsre Grand Old Men unter sich, grundsätzlich, auch heute noch, von ‹ huns › sprachen : » Ein Deutscher ! « .) Es mußte mir wohl unwillkürlich halblaut entfahren sein; denn er nickte niedergeschlagen. Und da erkannte ich auch – : Der hatte lediglich die Hände frei haben wollen ! (Ja, aber da hätte er den Schlauch doch auch . . . . . Ins Gras legen; oder *mir* zum Halten geben ?) . Jedenfalls war das Fläschchen schon wieder zwischen seinen Fingern erschienen; er fummelte. » ‹ 'n Deutscher › « wiederholte er mich : » Eener, um den man sich keen'n ‹ Deut schert › : Sangt Kallam-Burgius ! « . » Welche zwei ? ! « ich; und sah ihn fest an, (‹ in patience to abide › –) . Er hatte die Flasche schon ein Endchen weit im Munde gehabt, zog sie aber nochmals heraus, und erkundigte sich schwächlich-mißmutig : » Wenn ich's Ihn'n sag' – : gehn Se dann weck ? « . » Ich bleibe, solange das Thema es erfordert. « erwiderte ich hart. Er trank. / » Eener mit 'ner Miss John – « sagte er dann höhnisch; und : » Das neechste, was ich mach', iss'n Antrack bei'm Landrat : opp ich ma nich'n Mien'feld legn dürfte. « Er trank. / » Also das eene Dink von dem LÜGNER. Und dann etwa noch MEINLIEBERMANN. – Aber *sehr* berühmt iss-iss ooch nich. « Er hielt das Fläschchen schief vor sich hin, und musterte argwöhnisch den klein-schrägen Flüssigkeitsspiegel, (der sich, rührend anzuschauen, in seiner bebenden Potatorenhand immer wieder vergebens waagerecht einzustellen versuchte); schob es dann in die Hüfte, und schwenkte das linke Bein nach hinten, über den Schlauch. Bemerkte dabei anscheinend mein gemessen-empörtes Gesicht; fing an zu grienen und nickte mir zu : »Vor-merzliche Geschtallltn,« sagte er : »Sie halltn sich woll für die Blum' der Ritterschafft ? Ich mich ooch.« Er befeixte weiter das hiesige Firmament, wurde jedoch unversehens ernster, als er all die Kjumjulei-Knospen erblickte; kratzte sich auch unschlüssig an der Backe : » Wenn ich genau wüßt', daß mei'm Impluwium heute noch 'ne Heimsuchunk bevorschteht . . . . . « und besah zweifelnd & überdrüssig abwechselnd die Schlechtwetterbotschaften der Luft und seinen Schlauch, (den er jedoch immerfort mit typischem Trinkerscharfsinn leidlich präzise zu führen wußte. Sein Fuß trat grimmiger auf; und sofort erbebten die Syringen).

» Auf Seite 195 des amerikanischen Originals – « begann ich von neuem – sein Gesicht verfinsterte sich; er begab sich ein Stück tiefer in den Garten : »So; jetz müssn Se lauter schprechn.« bemerkte er hämisch. – » – heißt es von einem Automobil ‹ she was only doing sixty-six ›; was Ihnen mit ‹ Der Herr Wagen wollte sich nur zu 110 bequemen › zu übertragen beliebt hat : darf ich fragen – « (und ab jetzt mit schneidender Ironie, ‹ watch sloth & heathen folly ! ›) – » wieso Sie das schlichte ‹ she › mit ‹ Der Herr Wagen › -ä . . . . ? « » Och, das'ss gans einfach,« sagte er unbefangen; und hob an, visionär die weiten wogenden Roggenfelder zu begaffen, über denen es von Blütenstaub förmlich rauchte. » Graunicht Weißnicht – « hörte ich ihn zu meiner Überraschung murmeln, (hätte nie & nimmer gedacht, daß er solche feinen

Feinheiten überhaupt wahrnähme); auch » 7 Eichen-Alter lang – « kam noch hinterher; (was mit der vorliegenden, uns zur Bearbeitung aufgegebenen Situation ja nichts mehr zu schaffen hatte – zumindest erkannte *ich* einen Nexus nicht.*).

: » Wir sitzn ma, bei sinkender Dämmerunk, mit'm Bekanntn – mi'mm Auto : *ich* kann ja nich fahrn « schaltete er bedauernd ein : » ich bin noch aus'n präelecktrischn Zeitn, wo Mann sich noch mit Messern rasierte – im Kaffe ‹ Hanniball › in Weyhausn. Die Frauen dabei : meine hatte 'ne ganze Zeit lank 'n Siebmpunkt uff der Fingerschpitze, sah doll aus ! « . Er spritzte & sann. / » Es wurde also langsam finster – « half ich sacht ein. Aber er schüttelte nüchtern den Kopf : » Nö, « sagte er; » 's war ja Hochsommer, wo's so richtich finster überhaupt nich wirt; ‹ schummrich › würd'ich sagn. – Der Kellner kommt raus, kopflastich vor lauter Hut; verrechnet sich; gippt uns demütije Lecknam'; schreibt um, und schlägt *noch* mehr uff. Der Jean Darm – der im selbm Gebäude wohnt – kommt angezogn, und hat Een'n verhaftet; so'n Schtromer, wie se unter all'n Mary-Dianen zu habm sind : total blau – iss ja scheußlich, wenn Eener so säuft, nich ? « fügte er schlau hinzu. Ich fixierte ihn nur, ernst & streng; und er zwinkerte mir verworfen her. Wurde aber plötzlich auch argwöhnisch : » Sie, heeß'n Se ooch beschtimmt nich Hintzemeyer ? « erkundigte er sich : » Garanntiert Meck Soundso ? –

*) Inzwischen habe ich nachträglich festgestellt, daß in der neuesten, berüchtigten ‹ Unsichtbaren Magd › des Betreffenden, gelegentlich der Schilderung eines Abendhimmels, diese beiden Ausdrücke plötzlich dicht beieinander erscheinen. (Das sich dort weiterhin vorfindende ‹ Nihilnull. Fehlt bloß noch'n Angelengel. › habe ich seinerzeit nicht vernommen; auch ist bei der berufenen Assoziationenverwilderung des Verfassers eine Genesis solchen Zusatzes schwer, wenn nicht gar unmöglich.)

Ich hab nehmlich neulich erst Een'n kenn' gelernt, der war genau wie Sie.« Ich schaute ihn immer nur unverwandt an. »Naja, möglich iss es ja,« sagte er (und es klang fast wie eine Entschuldigung); » aber falls Sie der verkleidete Herrhintzemeyer sein sollten .....«. »Sie sitzen also irgendwo im Café, und-ä – ?« »– und trinken-ä Kuchen.« ergänzte er freiwillig. Überlegte. Dann, stumpf : »Nee; der Fechtbruder war doch schonn da. – Iss seelich & erzählt : wie er früher angeblich uff der ‹Emdn› war, und'n ad miral ‹Tirrpitz› gekannt habm will. Kwattscht natürlich ooch mein'n Bekanntn an, alla ‹Gipp ma ne Mark !›; und wie Der ihm nischt gippt, verflucht er unser Auto : zum Blechhaufm soll's werdn, zum Wunder, und zum Anfeifn ! Dann nimmt'n der Polyp am Schlawittchen; se renn'n halb ins Blum'mfenster. Und wir schteign ooch ein.«
(Sein Gefasel wurde mir langsam zu viel) : » Und das nun Ihr ‹Herr Wagen› ?«. Er hob abwehrend die Hand : »Noch nich.« sagte er; räumte ein : »'s war natürlich 'n Oplkappietän. Trotzdem wär' der Weg schlecht & sandich, und schonn zufuß 'ne ziemliche Zumutunk – was ja Etti Mollogisch von ‹Mut› herkommt – aber der war ungefehr da; und die fuffzn Kilometer Wald rauschtn ooch so appart : ‹Die Entlarfunk der Wellder›.« (‹Die Entlarvung eines schlechten Übersetzers› ! Aber er war offenkundig in Erinnerungen versunken; und da ließ ich ihn jetzt doch gewähren : Wer weiß, was sich, ihm-ungewollt, noch Alles an mir-Brauchbarem ergab : spritz' Du nur.) : » Der also rann ans Schteuer; und Wir rinn : 'n alter Fux & 'n schwerer Wagn, was kann da schonn groß passieren, dachtn wa ? – Und ruff uff'n Sandweg ! «
»Erst noch'n Haus : kleen, holzverschalt; gans einsam gelegn; kratzije Kiefern rundrum : vor der Tür sitzt 'ne Puppe. Ungefehr Dreizn – genau in dem Alter, wo die Biester kokett

werdn, ja? – schtrohgelbe Haut; nich gans'n Biekienie an; kuckt unerbittlich zu uns rüber; und malt sich dazu, in den Schtaub uff'm Bauch, 'n Kreis um ihrn Nabl. Der Kopp mit so langn breunlichn Haarn besetzt : wir halltn natürlich sofort an. – Um de Ecke rum 'n feuerblauer Backelieteimer. Und sonst ebm bloß diese endlosn-mannshohen Kiefern-Schonungn; die sich pö a pö anschikkn, *noch* endloser zu werdn. / ‹Pink-Pink-Pink› geht's immer im Hause drinne; und die Kleene merkt, daß wir hin horchn; sagt zu ihr'm Bauch : ‹Pappa iss Goldschmiedt.› & zieht dabei'n Kweerschtrich durch den Kreis. Hebt'n Kopp, sieht uns fest an, zieht noch een' senkrecht dazu : ‹Und ß-weednborgianer.› – Sie, da war'n wa fertich! Doll Teerschiet, dicht vorm Phall.«
»Währnd wa noch so fertich sind, kommt schonn der Alte rausgeschossn, und sieht ooch aus wie Dapsul von Zabelthau : in der Hand 'n gans kleen'n possierlichn Hammer – intressant : ich kann da schtundnlank hin kuckn! – Das heeßt, ‹schtundnlank› natür'ch nich,« räumte er ein; (obwohl mein unwilliges Dreinblicken mehr seiner dissoluten Art zu berichten gegolten hatte, als der übertriebenen Zeitangabe). : »Wie sich dem die grauen Arme emporhebtn, als er vernahm, wo Wir noch hin wolltn! ‹Fahrn Se nich!› schrie sein Gesicht immer : ‹Fahrn Se nich; es iss was Entsetzliches in den Wäldern-heute : ich bin Swednborgianer!›. ‹Dat weet wi nu,› sag'ich; und mein Bekannter gippt'm ooch irgend 'ne kahle Antwort – was, weeß ich nich mehr genau, hab's verschwitzt. – Ich hätt' mich gans gerne 'n bissl mit'm unterhaltn, denn so'n Swednborger fehlt ma noch in meiner Sammlunk; Die wissn ja die wunderlichstn Wortschälle, ‹Xaldnipter› oder so, hm hm hm.«
Er sah mich unversehens lauernd an. : »Sind Sie etwa Der, der seine Beiträge in der Frankfurter immer mit ‹zoroaster›

zeichnet? Nee? Beschtimmt nich? – Komisch.« fügte er sinnend hinzu. Zottelte mit dem Schlauch wieder ein Ende davon; ich folgte ihm zäh, um die Ecke des Grundstücks; (und stand nun auf einem ganz schmalen, total verwachsenen Rainlein, eingeklemmt zwischen eine leis rasselnde Wand aus steifen blaugrünen Halmen, höher als ich, und den unsinnigen Zaun; vor mir der wüste Vandale: *eine Situation!!* – ‹Wigalois› fiel mir unwillkürlich ein, ix. aventiure: Der steht ähnlich so, zwischen Kolb- & Schwerterrad und hinter ihm die Nebel-Eisenmauer! (Dem trügend fahlen moonshine dort, entsprach das weichselzöpfige Gewäsche hier: ‹Rural Hours› heißt man das womöglich!). – »Zoroaster nich: Hintzemeyer nich –« hörte ich ihn halblaut resümieren: noch heute Mittag hätte ich Jedermann Trotz geboten, der sich anheischig gemacht hätte, diese beiden Namen miteinander, und dann gar noch mit mir in Verbindung zu bringen! Ein Stöhnen entrang sich meiner Brust, ich mochte wollen oder nicht.) Ich bat: »Sie fahren aber jetzt in den Wald dort ein: bitte!«. Er nickte mir gleich lobend zu.
»Sehr wohl;« sagte er. »Der Graue schrie uns zwar noch warn'nd hinterher: daß nu gleich der Mond uffgehen würde – aber das war ja eher 'n Pluß-Punkt mehr für uns, nich?« (Ich bestätigte hastig mit Kopf & Händen, nur um ihn zum zügigeren Weitersprechen zu bewegen.) »Mein Bekannter kuckt noch ma nach'm Ben Zin Schtant – fuffzn Klemm' ohne Haus iss ja einijes – ich schlag' sogar noch de Bereifunk vor; aber er wehrt energisch ab: ‹Nee› sagt er: ‹Wegn Ssweednborgn nich: Piporakemes.›. Gippt Gaß, wie weyland Odd is Zeus vor Bully Fame – und rinn in's Gemisch aus Dusternis & Grün: im Nam' des Fadns & der Sonne & des heiln Kreuzes!«. »Lassen Sie bei Ihren anrüchigen Wortwitzen das Unerforschliche aus dem Spiel!« ordnete

ich an. Er dienerte erst trunken & boshaft-verbindlich; wurde ernster, und erkundigte sich zögernd : »Meen' Se nich, es könnt' filleicht *grade* 'ne Mettode sein, sich Ihr'm Unerforschlichn zu nähern ? Nee ? Beschtimmt nich ? – Na denn nich.« sagte er resigniert. »Jednfalls werdn de Wagnschpurn immer ausgefahrner. Der Kappiteen wiegt mächtijer & tiefer – wie in'ner Dünunk saß man – hinter uns, die Gesichter unserer Frauen, beginn' mit'nander zu tuschschln. Uff eenmal hellt mein Bekannter, und fengt an zu schimpfm. – Ich hatt' mich ebm nach 'ner hüpschn-schtramm Birke umgedreht gehabt,« fügte der Lüstling, unnötig vertraulich, hinzu, »und wußte erst gar nich ‹ warumm › ? Aber Wir schteign Alle aus, und schtehen uff'm – tcha, ne simple ‹ Kreuzunk › war das ja nich mehr; das war'n glatter Weg-Schtern ! Ich will nich übertreibm, aber so 6, 7 Schtrahlen gingn von dem Grünplatz aus. Uff der een'n Seite liegt'n Morz-Felsblock. Wir sind natürlich neugierich und gehen hin. Schtaudn danebm – « (er maß mich glasig) – »so hoch wie Sie-bald; Nessln vor allem. Aber ooch Hederich. Und an der Seite schteht . . . . . « (er beugte sich, überlegend, etwas vor. (Und hätte mich beinahe bezischt ! » 'zeihung – « murmelte er.) Dann) : » Hier ruht – « brach wieder ab, und machte ein Karpfenmaul. » Ich will nich lügn, « sagte er zögernd. Entschlossen : » Nee, doch nich : von ‹ in GOtt › schtand nischt dabei. – Jednfalls ‹ Forstmeister von & zu. Inmittn der von ihm geschaffenen Wälder. › Und dann ebm noch – « (er hob bedeutsam den angeschmutzten Zeigefinger) : » ‹ erschossen von ruchlosen Wilderern, in der Dämmerung des Soundsovieltn › : und das war doch *genau der Tack*, an dem Wir da hieltn ! – Ich seh' mich um, so knakkt's & tollt's im Abgeschtorbenen. Und muß mein Bekanntn beim Arm anfassn : da schteht, genau mittn uff der een'n Schneise, 'n rotes versoffenes Gesicht, mit schwarzer Ohrnklappe : sah aus, wie 3 Kommunistn ! – Der Mond natürlich, « fügte er besänftigend hinzu; » immerhin. Der flucht ooch gleich, mein Bekannter, ‹ Potz Bannreitel & Laßreis ! ›. Ich will ooch nich dahintn bleibm, und sag : ‹ O HErr der Oxhofte ! ›. Und da schtehn wa nu; und wissen doch tatsächlich nich, welches der unnötich vieln Nicht-Wegsale wir nu weiter fahrn solln; *so*'ne gute Karte hatten wir nich. – Opwol keen Wort geegn Varta ! « schaltete er, in seiner sinnlosen Exaktheit, hier ein.

» Und nu komm wa zu Ihrer Frage, « sagte er wohlwollend. » Wir begebm uns wieder die 20 Meter durch die dicke grünscheckje Demmerunk zurück, und schteign ein. Erst die Dam'm – die vor lauter Beleuchtunk schonn waxfladnblasse Gesichter habm; ob'm mit 'ner dunklen Franse dran : Jeder gippt seiner zur Beruhijunk 'n Kuß – « (er schmatzte verwildert-onomatopöisch, luftbüchsig : ‹ Pff ! ›) – » als Letzter *ich*. Und da, eh'ich mich hin setz', sag ich zu mei'm Bekanntn : ‹ Du, › sag' ich & zeig'ich : ‹ fahr da runter. Und vorsichtich : laß dem HErrn Wagn etwas sein'n Willn. › «.

Schwieg. Und maß mich, gebläht & kurfürstlich, à la ‹ Das hetzDe nich gedacht ! ›. / » Und auf dieses – ich will Ihnen entgegenkommen : ‹ Erlebnis › – hin, nehmen *Sie* sich die Freiheit, dem größten lebenden Dichter der Menschheit – – ! «.

» Moment ! « sagte er drohend, (und sein Strahl knisterte dicht neben mir im Getreide; ich wich & wankte nicht !) : » Wir kwattschn bloß von Forkner. – Ham Se keene Angst – « beruhigte er : » ich treff' Sie nich : dazu iss mir mein Wasser viel zu schade. « Griff schnell nach vorn, an die messingne Eichel; und schon stäubte es fein & zärtlich über die Hollunder.

» Woll'n Se's nich weiter, bis zu Ende, hörn ? « fragte er unzufrieden : » Wie wa uns selbstredend verfahrn; nischt wie Rehbökke & Euln ? Uff eenmal sind wa a'm Teich ! Gans schwarzes schlappes Wasser; mondfaul schtehn de Beume drummrumm; weit drübm gurgelt der Apfluss –« (er machte es, schlaff-geschlossnen Geäugs, sofort mit dem Munde nach : » Bubbubbubbubbu ... « – Wahnsinn ! Eine Afterwelt, das hier; verdreht & gräßlich !) : »Da wer'n unsre Frauen verrükkt : ‹ Wir wolln badn ! ›. Ziehn sich aus; ruttschn rinn ins Wasser, in Büstenhalter & Schlüpfer; und schwimm' Achtn um'nander. Mein Bekannter fängt ooch an, an der Hose zu nestln, und geht hinter'n Schtrauch. : ‹ Du schprichst ma aus der Blase ›, versetz ich, höflich wie immer – « (er sah doch unsicher einmal zu mir herüber; und ich nickte ihm, grimmig & ablehnend, zu : !) – »gehe hin & tue desgleichn. Und wie wa wieder zurückkomm', und unsern Undin'n, fast gedankenlos, zu-kukkn : falln Ihn'n doch uff eenmal 6 Schüsse : ! ! : ! ! ! ! – Op Die uns etwa für ‹ Wildentn › gehaltn habm ?, weeß ich heute noch nich. Jednfalls fang'n wa an zu kreischn, beezettweh zu bölkn. Die komm'm rausgekrabblt. Wir schtoppn se ins Auto rein, nakkt & naß wie se sint – « (er wischte sich langsam mit der Zungenspitze um den (garantiert fuselduftenden) Mundsaum. / ‹ Pornografie › ! : ich bin im Bild über Dich, Du ! / Man muß sich das richtig vorstellen : 2 triefende schutzlose Frauen, nur im Büstenhalter, in ein nächtiges Auto zu schieben-drücken-stopfen ! Und so-Einer beabsichtigte dann womöglich – ich hatte davon munkeln hören – das ‹ Angria › der Brontë's zu übersetzen, ein Brontë-Saurier : das *darf* nicht geschehen ! Verleger aller Länder vereinigt Euch ! / Er, versonnen) :

» Wir zokkln weiter; und machn uns schonn mentaliter gefaßt, im Wagn zu übernachtn – « (hier unterbrach uns ein nah-ferner Ruf. – : » Schwarz & Weiß & Mul & Min ! « . My godfather – was bedeutete denn *das* wieder ? Auch er horchte, unverkennbar beunruhigt, hin; und redete hastiger) – : »da seh'ch'n Licht, halbrechz voraus. ‹Und wenn Du mir 100 Vorhäute von Rezensenntn bötest,› sag ich : ‹aber da fahrn wa jetz druff zu !›. Er läßt zwar 'n Motor brumm'm, unwillich, ‹zwischn 2 Bergn brummt 1 Bär› – Sie, der macht Dinger mit sei'm Kappitän ! Der läßt den förmlich redn; man weeß genau, was er sich so dengt – schteuert aber in die Richtunk. Es dauert lange; endlich haltn wa doch vor irgndwas Gefleegtm-Schmiedeeisernem. : Sofort komm' zwee Kerle in Uniform rausgeschtürzt !«. (Er meinte, wie sich sogleich & einwandfrei ergab, ‹Livree›; und auch darin tat sich sein unzulänglicher Wortschatz kund, daß er die Gebärdensprache über Gebühr mit heranziehen mußte). »Mit Windlichtern in'n Händn. Verneign sich andauernd vor mir – « (er machte es selbstverständlich, noch während des Sprechens, schon wieder mit, und schnitt hofmännische Frazzen) – »und sagn ‹Durchlaucht›; und nochma ‹Durchlaucht›. Und mir *wirt* ooch schonn gans erbprinslich im Gemüt, als müßt'ich demnächst mal Irgndjemand an-herrschn. Halt aber, als ehr'nhafter Prolletarijer natürlich an mich; und sag bloß, gans samftmütich : ‹Meine Herren; Se irren sich.› Wink mei'm Bekanntn zu, daß der 'ne Zie''rette rausreichn soll – ich rooch ja nich – und Der flucht zwar leise; hällt aber eene ins Fenster. Ich nehm se'm ap, und geb se weiter. Und der zünd't se ooch gleich an seiner Halblaterne an – die sind ja obm offn, die Dinger, ja ? – und bemerkt, währnd er unsern Rauch ausatmet, zu dem Andern hin : ‹Er iss es wieder nich.› Da kommt Der ooch näher; und hat'n Vollbart, Sie, wie der Könich von Neu-Zembla, so – « (er hielt die freie Linke in halbe Brusthöhe) – »rechz & linx noch in 'ne Schpizze ausgezogn; so daß ich unwillkürlich 'n kleen'n Diener mach', und dazu sag : ‹GOtt erhalte Franz den Kaiser.› Mein'n Bekanntn drinne hör'ich ooch 'n Kopp schüttln –«. : »Wieso konnten Sie das *hören*?!« unterbrach ich ihn verzweifelt; »Und sehen doch wohl auch schwerlich : es war doch inzwischen bestimmt so gut wie finster!«. »Bei Dem hört man das,« erwiderte er unbefangen : »das gippt so'n Knakkn im Genick, wenn Der'n Kopp heftich bewegt – 's hätt'aber weiter nischt zu bedeutn, hat der Arzt gesagt. – Immerhin hällt er freiwillich noch'n Schtäbchn raus; ich geb's dem Haarmenschn weiter, und Der nimmt's ooch; schteckt sich's irgndwo rein, und fängt dann an, mit seiner Lichtlilje zu zieln : da sah man erst, *wie blau* Der war! Wisiert, & wankt; schteckt uff eenmal mit'm halbm Gesicht obm drinne, und schonn schtinktz nach verbranntm Haar! : ‹Äi verrfluchtchän –› merkt er gans gemütlich an; war also aus Ostpreussn; und nachdem wir – ich & der andre Lackei – uns vom Lachn erholt habm, halltn wir ihm Jeder eene Seite von sei'm Bart zurück; und Der entflammt sich seine Attika, und schmaucht vergnüglich. Vor uns, gans hoch obm in der Luft, hebts an, wie Kettngerassl, und 'ne Uhr will anschein'nd schlagn : flattern die Beedn doch sofort mit'n Arm', und schreien ‹Kukkuk› mit – so richtich gehässich, ja?; ‹four for the quarters & twelve for the hour›: ‹Kukkuk! : Kukkuk!› – Zuschtände wie bei'n Nopandern! Na, ich wedl aus Höflichkeit ooch 'n bissl mit'n Henndn, und sag mein ‹Kukkuk›; und fang dann an : ‹Wir hättn gerne 'n nächstn fahrbarn Weg nach Haidkrug gewußt –«. Da hör'ich, wieder, *noch* schwerere Schritte; und 'ne tüpische Haushällterinn kommt uff uns zu, so'n richt'jer Dragoner : zwee'nhalp Zentner, schwartzgraue Borschtn unter der Neese, 300-Watt-Oogn. Und mein Bekannter – der schwer-anfällich für den Tüüp iss; 'türch reinplattonisch, aber Frau'n unter Fuffzich intressiern Den überhaupt nich – macht gleich'n

Schwaan'-Halls zum Fenster raus, und züngelt förmlich und will was sagn. Da brüllt se aber schonn : ‹ Haun Se ap ! Ich hab Se beobachtet ! Diese Lohndiener tun sowieso nur das Notwendichste : Se sint hier bei 'm Land-Tax-Apgeordnittn ! › . – Für'n Unbeteilichtn max natürlich gefressn ausgeseh'n habm.« Er biß sich kopfschüttelnd-lächelnd die Lippe, und ließ den hydrocephalen Schädel längere Zeit pendeln. » Sie sind-ä – Kommunist ? « fragte ich, so leichthin-sachlich wie möglich, das, was mir meine Gewährsmänner sattsam angedeutet hatten. Er schob die Unterlippe so weit vor, wie ich es anatomisch nicht für möglich gehalten hätte. : »*Noch nich*.« sagte er ruhig; fügte auch schwermütig hinzu : »Den Kommunistn SPD; der SPD Kommunist.« Schritt sinnend, ‹ Den Guelfen Ghibelline ›, zum nächsten clover-patch; (und ich, schändlich-parallel, am Zaun nebenher – entwürdigend !) .
» Ich hätte gern einmal den Hülfsapparat gesehen, dessen Sie sich beim Übersetzen bedienen. – : Darf ich *nun* eintreten ? ! « fragte ich ungehalten. » Nee ! « , entgegnete er grob, und zog ein letztes Mal die Flasche aus dem Hosensack : » Ich bin zu groß, um andere Trinkgenossen zu haben, als die Ferkadan – « erläuterte er; dann, drohend : »Ihr Maß iss ooch allmählich voll.« »Und *Ihres* gleich leer,« versetzte ich furchtlos, und wies auf das Buddelchen. »Nich schlecht,« würdigte er mich kaltblütig; hob das Gerät an den Lästermund, schlukkte süchtig den Rest and burped. Dann : » Was heeßt hier ‹ Apparat › ? : Den altn Muret-Sanders; mehr braucht'n doll Mätscher nich.« »*Nicht* Ihren allerneuesten, *ganz* großen Langenscheidt ? « fragte ich höhnisch. Aber er verneinte würdig : »Ich hab ma de Buchschtabm A bis K verglichn & ausgezählt,« sagte er unerregt, » da verhält sich, wohlwollnd gerechnet, das Wortmaterial der altn Ausgabe

zu dem der neuen wie 11 zu 7. – Natür'ch hab'ich den neuen *ooch*.«; (zuckte aber doch wieder die Achseln über dieses Standardwerk). »Und sonst nichts?« (ich, schlau bohrend; ich brauchte ja Material zu seiner Hinrichtung): »Keinen Webster?«. »Websters hab'ich Zwee-e – Dreie eig'ntlich: een' von 1854 – für Cooper, der mir lieber iss als Ihr Forkner; zumindest zum Übersetzn – und den neustn von 61 ooch.«, überdrüssig: »Aber das brinkt Alles nischt! Neenee: ich lob mir mein' altn Muret-Sanders.« / »Besitzen Sie irgendein Wörterbuch der Deutschen Sprache?«. (Hier wurden wir unterbrochen; die unsichtbare Stimme rief abgemessen-kuckucksuhrig: »Blanka: Silberbart! – : Blanka: Silberbart!« –). Er schüttelte beruhigend den Kopf: »Sie meint uns nich,« sagte er geheimnisvoll: »*noch* nich.« Drehte den Oberleib auf unsicheren Beinen, und brüllte gehorsam über's Gelände: »Nich hie-ier!!«. Wandte sich dann wieder mir zu: »'n Adelung,« sagte er giftig: »Sonst noch was?!«. – »‹Adelung› –«, wiederholte ich mechanisch: *den* Namen hatte ich mein lebtag noch nicht aus dem Munde Moderner-Nachschlagender vernommen! (Oder konnte es eine Falle sein? Er sollte ja notorisch von – daß ich das jetzt aber nicht verwechsle: kriminellen oder kriminalistischen? – Vorfahren abstammen. Adelungadelung – ich kam & kam nicht drauf.....)

: »Halt! Halt!«. Denn er hatte, während ich sinnend stand, die Hand konzentriert über den Augen, sich zu drücken versucht. (Wie war gleich die Regel meines venerablen Oxford-Don's für Interviews gewesen?: ‹Die Zunge lupfe man entweder durch Alkohol; oder aber, indem man den Betreffenden klug reizt.› Und da Der-hier, was Alkohol anbelangt, nicht mehr beeinflußbar schien, blieb nur die Alternative):

: » Wieso haben Sie derart mediokre Arbeit geliefert, wo Sie doch – wie mir von gut-unterrichteter Seite mitgeteilt wurde – *zwanzig-tausend-Mark Honorar* ein-strichen ? « . – : Hei ! Das hatte gesessen ! Schon kam er aus dem Hintergrund seines Gartens wieder hervorgaloppiert, (und der Schlauch natterte feuerrot hinter ihm her – hatte ihn in die Hand gebissen, wie's schien; das ist recht). : » So ein verlog'ner Hunnt ! « brüllte er; seine Augen schossen versoffene Blitze (oder nein, doch nicht; dazu war es zu matt : ‹ Wetterleuchten › höchstens) seine Zunge mullte & fuchtelte : » Wer war der Kerl ? ! « . Sein Strahl streifte mich um 1 Haar; aber da es sich diesmal unverkennbar um eine echte Erregung handelte, schwieg ich; beziehungsweise äußerte nur boshaft-anschürend : » Doch; doch. « » Mensch ! – : keene *Zwee*-Tausnd ! « röhrte er erbittert. (Ähä : circa 18 Hundert demnach. Int'ressant. – Nun, mehr als genug für die Pfuscherei : frech einen ‹ HErrn Wagen › zu erfinden, bloß weil *er* 'mal mit dem Auto von X nach Y gefahren worden war !) . / An dieser Stelle wies mir meine Begleiterin ein Uhrengesicht durch die Führerscheibe : ‹ Zeit zum Aufbruch ! › . Und ich nickte kurz & entschlossen zu ihr hin : ! ; (wir waren unsre Arbeitskraft schließlich noch ernsthafteren Dingen schuldig. – : » Ottello ! : Zureichnder Gru-hund ! « hörte ich die Frauenstimme neuerlich rufen : das gab den Ausschlag.)
: » Ich komme. – « . / Genug. (Ja, über-genug !)

4

Vor der Allerbrücke in Celle – während wir harrten, daß der JEAN DARM, aus seinem hochgestielten gläsernen Vogelbauer heraus, uns den Permit zum Weiterfahren erteile – sprach ich das erste Mal wieder. : »Ist *Ihnen* etwa-zufällig bekannt, Miß, was im Deutschen der Ausdruck ‹ XALDNIPTER › bedeuten könnte ? Oder ‹ PIPORAKEMES › ? – Sie sind ja immerhin auch schon seit 45 in diesem Land-hier.« »Ou, Dr. Mac Intosh – « erwiderte sie, (und lächelte ergeben mit der ganzen rechten Gesichtshälfte; während die linke sorglich den tüdeskwirren Verkehr überwachte) – » uenn *Sie* das nicht uissen : Uer dürfte sich dann woul zu erdreisten uagen ! « . DER HERR WAGEN ich nickte ihr gemessen hin : Gut. (*Sehr* gut sogar : weiß sich auszudrücken. / Der Vater Rektor in Cranmer, Essex; Verfasser der ‹ Mittwochabend-Predigten für das ganze Jahr On Justification by Faith ›, klarer Denker das, kein SWEDENBORGIANER, sondern beste middle-class-family. Vielleicht.) Die Sonne sank endgültig. (Das heißt : über Great Britain würde sie noch hoch stehen; ganz andrer Boden eben.) Wir fuhren mitten in die HErrgottspracht hinein GOTT ERHALTE FRANZ DEN KAISER. Und sie leuchtete neben mir, DURCHLÄUCHTIG, angestrahlt, DIE LICHTLILIE, ihre langen Zähne funkelten wie rotes Elfenbein. (Vielleicht sollte man : die Mutter Eliza, geborene Michelson. 1 Vorfahr bei Marston Moor nicht-gefallen; natürlich auf der richtigen Seite, ‹ the lane along the front was held by skirmishers › : noon, das müßte sich ja nachprüfen lassen. Vielleicht sollte man doch NUR IM BÜSTENHALTER INS AUTO die Verworfenen : ob mich der Bube mit Erfindungen wie NOPANDER & FERKADAN nur hatte foppen wollen ? *) *War* es möglich, daß

*) Doch wohl nicht. – Nach einer Auskunft des mir befreundeten Arabisten ST. A. RICHMOND handelt es sich um eine Anspielung auf jenen König von H'îra, Gedhîmet Elebresch, der aus Stolz mit Niemand trank, als mit den beiden Sternen Ferkadan (im kleinen Bären), denen er, so oft er selbst 1 Schale trank, 2 auf den Boden ausgoß – daß ich diesem letzteren Teile des Ritus mit nichten entsprechen sah, bedarf wohl keiner besonderen Erwähnung.

die Ruchlosigkeit eines immerhin-auch-Schriftstellers ergo doch irgendwie dem Geiste Verhafteten, EIN SCHTROMER WIE SE UNTER ALLN MARY-DIANEN ZU FINDN SIND, *so* weit gehen konnte ? !) .
Ich wandte mich energisch zu meiner liebreizenden Führerin (‹ 37 › : eigentlich genau das richtige Alter für eine Jungfrau SEIT NOAH BEI DER MARINE WAR vielleicht sollte man doch mal DOLL TEERSCHIET ob der Frechling, durch mich & wie ich mich vorstellte, angeregt, den Schwan vom Avon selbst so nahe dem Jubiläumsjahr parodierte ‹ völlige Abwesenheit jeglicher Ehrerbietung › jaja und sowas trägt Menschenantlitz nun es war auch danach !) . : » Steuern Sie, bitte, an den Straßenrand – : Ich habe Ihnen etwas zu sagen . . . « . / Sie lenkte, gleichzeitig verwirrt & sicher, unter einen frühen Birnbaum, der bereits rötlichste Früchte anzusetzen begann. Zwang den Motor, leiser-schöner zu brabbeln. Und sah mich an AUS LIEBE ZUN WISSENSCHAFTN während der letzt-rote Sonnenabschnitzel hinter der Baumlinie ver-duftete UND ANSONSTN EBM BLOSS DIESE ENDLOSMANNSHOHEN KIEFERN-SCHONUNGN (DIE SICH PÖ A PÖ ANSCHIKKN NOCH ENDLOSER ZU WERDN : Wir waren allein. Alles wandelte sich ins Großbritannische; und deutsche Gegenstände wurden humanen Beobachtern nichtmehrwahrnehmbar.)
: » Ä-hämm. – Miß Whytefoot. – Wollen Wir Uns prüfen ? . – : Ob Sie die Meinige werden können ? « . / . – . – . – –

Sie schaute mich an, selig & unverwandt. Der Unterkiefer klappte Ihr auf die Brust-Harfe. Süß & zäh, halb Austen halb Brontë, stammelte ihr flammiges Gesicht (oder war es der Sonnenskalp DICHT VORM PHALL ?) . Sie hob die Handklammern – und wagte es, und packte sie mir auf die Schultern – : » Ou, Dr. Mac Intosh – ! « sagte sie, noch ganz ungläubig ob so vielen Glücks.

5

– . – – – . / – – : » ? « – » . « / – : » ? ? « – – » . . . « – / : ! ! ! ! ! ! ! ! ! ! ! ! ! ! ! ! !

6

(Schier finster geworden in der KNUTSCHKUGEL SCHUMMRICH eben. / » You are so very clever – « Sie, immer wieder, IN DER HAND'N GANS KLEEN' POSSIERLICHN HAMMER – –) .

* * *

7

Zur Sache. –
Meine Theorie besagt, in kurzem, dieses : der Übersetzer eines x-sprachigen Buches in die Sprache y wäre tunlichst auszuwählen

a) nach Alter & Geschlecht : muß er doch, von Kindheitserinnerungen einmal nicht-abgesehen, über etwa die gleiche biologische Spannkraft verfügen.
b) nach Querschnittsbelastung, d. h. einem Quotienten ‹ Größe durch Gewicht › : es geht nicht an, daß ein Mann (Frau) 2 Meter groß, 2 Zentner schwer, das Buch eines (einer) Anderen 1 Meter 50 groß, 2 Zentner schwer, übersetze : der Eine weiß dort mit den Kräften nicht wohin, wo der Andere ‹ keine Luft ! › kriegt.

c) nach Gesinnung & sozialem Hintergrund : das im marxistischen Klassenhaß erzogene Arbeiterkind wird in die Schilderung eines gepflegten Milieus unweigerlich neidische gehässige Töne hineintragen; der kahlschädlige Atheist bei Wiedergabe schlichter gottergebener Gesinnungen, sei es bewußt oder unbewußt, satirische Formulierungen bevorzugen.

d) nach Bildungsgang & Wortschatz : die liebenswürdigen feinen Obertöne gelehrter Anspielungen – dem denkenden Leser oft ganz neue, ungeahnte Perspektiven andeutend, wenn nicht gar aufreißend – fallen, unter den tintigen Händen Viertelsgebildeter, unverstanden, bzw. durch ihren plump abgesägten Dialekt unkenntlich gemacht, wirkungslos auch auf das beste Erdreich.

e) Falls es sich um einen lebenden Autor handelt, ist die (ehrerbietige !) Fühlungnahme mit ihm ein fundamentales Erfordernis, zu erwähnen schier läppisch überflüssig (sollte man meinen !) : nur so lassen sich Unklarheiten (beim Übersetzer !) beseitigen; (und jener Dienende spitze fleißig Bleistift & Ohren, wenn der Meister zu sprechen anhebt !). / (Darf ich hier hinzufügen : daß *ich*, sollte meine Untersuchung der Benda'schen SHAKESPEARE-Übertragung dereinst verdeutscht werden, meinen Übersetzer *nicht* leichten Kaufs sich durchschlängeln lassen werde ! ?).

f) Zur Erreichung dieses erwünschtesten Zieles – schreien ja, man wird es meiner nicht uneindrucksvollen Schilderung sattsam entnommen haben, wahrhaft kocytische Mißstände zum zumal deutschen Himmel ! – schlage ich die Errichtung von Übersetzerzentren unter Beaufsichtigung durch staatlich-akademische Organe vor. Der Verleger, der ein angelsächsisches Werk erwarb, wendete sich künftig einfach an besagtes Institut; wo, vermittelst Lochkarteien & Sortiermaschinen, nach den Kriterien a bis d, der betreffende pensionsberechtigte Kongeniale mechanisch ermittelt würde; der dann – für Punkt e müßte offiziell gesorgt werden – sich unverzüglich, frugal & fleißig an seine Arbeit begübe. –

So stellt sich mir die bedrohliche Situation dar, so das Antidot.

Wollte GOtt, daß mein Vorschlag auf internationaler Ebene befolgt würde! – : Übersetzerzentren schaue ich mit dem Auge des Geistes; ministeriengroß; wimmelnd von Wortbeamten, dynamisch-gottgläubigen, funkelnd vor Intelligenz & Verantwortungsgefühl, Nachschlagewerke in den unermüdlichen Händen, ebenso charaktervoll wie bibliothekenerzeugend! (Man vergebe mir meine Schwärmerei; aber wenn ich jenes Exemplars homo-nix-sapiens gedenke – jenes schlauchreitenden Lazzi-Jargonisten, mit fussligem Munde, jedweder ernsthaften Diskussion koboldhaft ausweichend – oh Oxenfurt & reine Lüfte! – ich breche diesen unerquicklichen Dornfortsatz des Themas besser ab.)

(Als ich Bessie – meiner Verlobten also – diese & ähnliche Gedankengänge vortrug, lauschte sie mir, ohne mich zu unterbrechen (unschätzbare Eigenschaft!), vielmehr beständig nickend & mit immer schimmernderen Augen. Und da ich, begeistert, selbst-hingerissen, mein Porträt eines idealen Übersetzers mit den – zugegeben, indecent – words schloß: »Ich will ihn zeugen!«; errötete sie lieb; kaute eine zeitlang; und erwiderte dann – ich mußte mich zu ihr hinabbeugen, um ihr Flüstern zu verstehen – : »Ich uill ihn gebähren. –« / Und nun wäre jedes weitere Wort eine Entweihung!). –

8

SCHLUSSWORT DER SCHRIFTLEITUNG. / Um selbst in einem so betrüblich klaren Fall das audiatur et altera pars – diesen Fundamentalgrundsatz jeder unabhängigen Zeitung, also auch den unsrigen – unverbrüchlich zu wahren, wurden dem im Vorliegenden abgeschilderten Übersetzer die Punkte a bis f zur Stellungnahme zugesandt – er antwortete, wie von ihm gewohnt, nicht. Da die Objektivität es jedoch unabweislich erheischte, den sehr beachtenswerten, von höchstem kulturellen Verantwortungsbewußtsein getragenen Ansichten des Dr. Mac Intosh, nunmehr auch die seinigen zu konfrontieren, nahmen wir, – unter beträchtlichen Opfern an Zeit & Spesen; aber die Wahrheit über Fastalles ! – Verbindung mit einem seiner (ganz wenigen : seine Kontaktarmut ist ebenso bekannt, wie medizinisch bezeichnend) integreren Bekannten auf; dem es dann, unter Aufwendung unsäglicher Geduld auch gelungen ist, ihm beiläufig, in großen & unregelmäßigen zeitlichen Abständen, unter dem Tarnmantel der ihm einzig geläufigen richtungslosen Plaudereien, Antwortähnliches zu entlocken. Und wenn unsere geehrten Leser dergestalt auch auf geformt-verbindliche Auskünfte zu verzichten haben werden, waren die so gewonnenen Aussagen doch allzu decouvrierend, als daß wir sie vorenthalten dürften – hier sind sie:

zu a) »Wenn ich Kuper übersetz', müßt ich demnach 180 Jahre sein, was ?«

zu b) »Kweer-Schnitz-Belastunk iss gut ! – Villeicht wer'ich bei'n Brontës ja nochma Junkfrau ?.«

zu c) »Wenn'n Milljonär schriebe, würz aber kostschpielich, den Betreffendn zu ‹schtimm'm›. Oder 'n Schwuler : hab'ich Dir übrijns schon ma von Bad

Frimmersen erzählt ? Von dem Bademeister neulich ? . . . . . « (Hier sei er wieder in eine seiner endlos-verworrenen & -verwirrenden Geschichten abgeirrt – irgendwas von ‹ Windmühlen ›.)

zu d) »Kwattsch. Verschteht sich doch Alles von alleene : fuffzich Prozent aller Übersetzungn sind sogar besser wie's Orri-ginal.«

zu e) Hier sei er lebhaft geworden, und habe sich verschworen, er würde ‹ den Teufel tun ! › : »Ich laß ma doch nich von irgnd so'm Auslennder in mein' deutschn Tekkst reinkwassln ! Dem Dscheuss hätt'ich filleicht was erzählt, mit sei'm Deutsch-Geschtotter : ‹ es ist eine Hundesleben ›, oh carry me home to die : und Sowas wollt' *mir* womöglich vorschreibm, wie meine Übersetzunk zu lautn hat, gelt ja ? ! Oder wenn Ee'm mit Sippzich seine kleen' schüchternen Blaß-Femmien & Liebes-Zehn'n aus'n fümmundzwanzijer Jahrn dann ‹ verwerflich › erschein'n; und er möchtz am liebstn nich wahr habm, daß er ooch ma ne Nummer geschobm hat; und will jetz, uff'm Umweg über meine Übersetzunk, ‹ Verbesserungn › anbringn : Nischt wird draus ! « / Nach einigem weiteren Herumsitzen auf der Verandabrüstung, und mehr Brummen, habe er seine diesbezüglichen Ansichten abschließend also zusammengefaßt : »Neenee : Schützt die Übersetzungn – ooch schonn die zweetn Ufflagn – vor ihren AuToren ! : ‹ Wott iss rittn iss rittn ›.«

zu f) »Das müßte arg schön sein.« –

Allgemein habe er dann noch kritisiert, wie das – seiner Ansicht nach wichtigste – Problem überhaupt nicht berührt worden sei : » 's Honno-rar natürlich ! Das'ss ooch so was,

was die Verleger *nie* lern'n : wenn se 3 Tausnd Mark für 'ne Übersetzunk blechn, kriegn se 'ne 3-Tausnd-Mark-Übersetzunk; wenn se 6 Tausnd schmeißn, eene für 6 Tausnd : dann kann ich neemlich de doppelte Zeit dran wendn ! « . Auf das vorsichtige Bedenken seines – verständlicherweise ungenannt bleiben wollenden – Bekannten : daß die meisten ‹ Künstler › unter sotanen Umständen dann eben wohl doch nur die für 3 herstellen, und für die übrigen 3 schlicht faulenzen würden : ob *die* Gefahr nicht nahe läge ?, habe er kaltblütig erwidert : die läge freilich verdammt nahe.

ARNO SCHMIDT
LEVIATHAN
S. FISCHER

ARNO SCHMIDT
Brand's Haide
S. FISCHER

arno
schmidt
aus dem
leben
eines
fauns
s. fischer

ARNO
SCHMIDT
das
steinerne
herz

arno schmidt
die
gelehrtenrepublik
S. Fischer

ARNO
SCHMIDT
dya
na
sore
S. Fischer

arno
schmidt
rosen
&
porree
s. fischer

Arno Schmidt
Kaff
auch
Mare Crisium
S. Fischer

ARNO
SCHMIDT
bel
phe
gor
Nachrichten von Büchern und Menschen
S. Fischer

ARNO SCHMIDT
SITARA
und der Weg dorthin
Eine Studie über Wesen,
Werk & Wirkung
KARL MAYS
S. Fischer

Arno
Schmidt
Kühe in
Halbtrauer
S. Fischer

ARNO
SCHMIDT
die
ritter
vom
geist
S. Fischer

Arno
Schmidt
Trommler
beim Zaren
S. Fischer

Arno
Schmidt
Der Triton mit dem
Sonnenschirm
Großbritannische
Gemütsergetzungen

Arno Schmidt
Die Schule der Atheisten

Novellen-Comödie in 6 Aufzügen. Faksimilewiedergabe des DIN A3-Typoskripts im Format 24,5 x 34,0 cm.
271 Seiten.
Erstausgabe 1972 –
4. Auflage 1985

Ausgabe A: Leinenband, fadengeheftet, mit Schutzumschlag, im Schuber
Ausgabe B: Fadengeheftete engl. Broschur, kartoniert, im Schuber

Die Atheistenschule, nichts weniger als eine agnostizistische Lehranstalt, führt in eine übermutsprühende Welt ironischer Imaginationen. Das Abenteuer einer exotischen Atheistenerprobung auf einer unbewohnten Insel im Pazifik erscheint mit Komparsen des Jahres 1969 als Rückblende aus den Tagen der um 2014 allmächtigen US-Präsidentin Joan Cunnedy und ihrer Außenministerin Nicole Kennan, genannt Isis.

In der ›Schule‹ entwickelt Arno Schmidt seine fortgeschrittenste Bauform: die durchsichtige, bühnenhaft anschauliche Gliederung der Handlung in Akte (Aufzüge, Tage) und Szenen (Bilder) mit einleitenden Regiebemerkungen als Prosaeinstimmungen des folgenden Dialogs und des wunderlichen, ausgelassenen, auch weise-melancholischen Szenenspiels.

ARNO SCHMIDT
Abend mit Goldrand

Abbildung zur Wahrsageszene auf Seite 146

Eine MärchenPosse.
55 Bilder
aus der L$^{ä}_{E}$ndlichkeit für Gönner der Verschreib-Kunst.
Faksimilewiedergabe des DIN A3-Typoskripts im Originalformat (32,5 x 43,0 cm).
215 Seiten. Erstausgabe 1975 – 3. Auflage 1981

Ausgabe A: Leinenband, fadengeheftet, mit Schutzfolie, im Schuber
Ausgabe B: Kartoniert, mit Leinenfälzel, im Schuber
Engl. Ausgabe: Leinenband. Übersetzt von John E. Woods

Nach der Novellen-Comödie die Märchen-Posse, doch anstelle einer phantastischen Zukunft die auf wildere Weise phantastische Gegenwart im Heidenest Klappendorf.

Aufgefahren wird die skurrile Menage der fünf Alten des Fohrbach'schen Haushalts mit brüchigem Goldrand, zwischen ihnen die jungmuntere Ziehtochter Martina, auf dem Heuhaufen nebenan die wüste Jugendrotte auf dem Wege nach Tasmanien, mit der im Faß auf der Terrasse logierenden, okkult begabten Anführerin Ann'Ev.
Dazwischen Erinnertes aus Arno Schmidts Kindheit und Jugend und Einbringung seines Fragments aus den Tagen von Lauban und Hagenau, PHAROS oder von der Macht der Dichter.

S. Fischer

Der absonderlichste unter den Provinzkünstlern [illegible] zählung SCHWÄNZE in Arno Schmidts Heidedorf, [illegible] Bildhauer Caspar Schmedes, ergänzte f[illegible] minen vor 45 um ihre Roßschweife [illegible] bilder:

»...Caspar war nicht nur Spezialist für Tierplastik, sondern kannte vor allem den zuständigen Regierungsrat von der Schule her; und machte folglich, disons le mot, seit geschlagenen 2 Jahren nichts als Schwänze! Pferdeschwänze, Bisonschwänze, Drachenschwänze, Pfauenschwänze. Alles-was-einen-Schwanz-besitzt, wurde durch ihn neu beschwänzt.« [S.81]

Fischer

ISB N 3-596-29115-1

Claude Simon

Die Strasse in Flandern

Roman

Nobelpreis für Literatur 1985

Serie Piper